Gaston Bonnefont

Les vacances de Toinon.

LES VACANCES

DE

TOINON

PAR

Gaston BONNEFONT

ROUEN

MÉGARD ET Cie, LIBRAIRES-ÉDITEURS

LES VACANCES

DE

TOINON

PAR

Gaston BONNEFONT

AVEC GRAVURES DANS LE TEXTE

ROUEN

MÉGARD ET Cie, LIBRAIRES-ÉDITEURS

LES VACANCES

DE

TOINON

PAR

Gaston BONNEFONT

ROUEN

MÉGARD ET Cᵉ, LIBRAIRES-EDITEURS

BIBLIOTHÈQUE MORALE

DE

LA JEUNESSE

———

3ᵉ SÉRIE GRAND IN-8° RAISIN

La fille de Matthieu.

LES VACANCES

DE

TOINON

PAR

Gaston BONNEFONT

AVEC GRAVURES DANS LE TEXTE

ROUEN

MÉGARD ET Cⁱᵉ, LIBRAIRES-ÉDITEURS

1892

LES

VACANCES DE TOINON.

I

Fin d'études et commencement de vacances.

Ce matin-là, Mlle Antoinette Bassilan était fort
agitée. Pendant la nuit, elle avait peu dormi. Dans
quelques heures, elle allait se rendre à la distribution des prix aux élèves de la pension dont elle suivait les cours, et aux espérances de grands succès se
mêlait la crainte de grands échecs.

Pendant toute l'année, elle avait bien travaillé.
Les règles de trois n'avaient plus de secrets pour
elle ; sa mémoire était remplie des hauts faits de
l'histoire de France ; elle savait la géographie sur le

bout du doigt. Presque sans exception, elle avait été, chaque semaine, la première de sa classe; elle avait accumulé bonnes notes et bons points.

Cependant elle n'était pas absolument tranquille. C'était surtout des compositions générales que les prix dépendaient, et elle n'était qu'à moitié satisfaite de la façon dont elle s'était tirée de ces compositions. En arithmétique, par exemple, elle avait commis une erreur d'un centime; en histoire, elle avait oublié une date; en récitation, elle avait hésité deux fois. Rien n'était irréprochable.

Or, Mlle Antoinette était très orgueilleuse. La vanité était son défaut capital. Elle prétendait être, en tout et pour tout, la première parmi ses compagnes, et son amour-propre souffrait vivement de la moindre blessure. Quelle honte, dès lors, si l'appel des récompenses lui réservait des déconvenues! Elle avait plusieurs fois interrogé habilement Mlle Emmeline, une des sous-maîtresses de la pension; elle avait essayé d'apprendre, en la faisant causer, si tel prix ou tel autre lui serait décerné. Mais à toutes les questions, Mlle Emmeline avait répondu évasivement.

— Je ne sais pas, vous verrez, avait-elle dit avec un air de mystère.

Mlle Antoinette était donc très perplexe.

Elle s'habilla, la tête à tout autre chose qu'à ce qu'elle faisait ; et, dans sa distraction, elle ébrécha sa cuvette, mit son soulier gauche au pied droit et son soulier droit au pied gauche, déchira un de ses nœuds de ruban, et se coiffa tout de travers. Il fallut que Rose, la femme de chambre, recommençât presque entièrement sa toilette.

Comme la distribution des prix devait commencer à onze heures, on déjeuna à dix heures. Antoinette ne mangea pas.

— Tu veux donc tomber en défaillance au beau milieu de la cérémonie ? lui dit son père en riant.

La fillette baissa la tête sans répondre Elle se reprochait l'émotion qui lui coupait l'appétit ; mais elle avait beau chercher à réagir contre elle, cette émotion l'étreignait. Manger !... Ah ! bien, oui ! elle avait plutôt envie de pleurer.

A onze heures moins un quart, on partit pour la pension. C'était une des meilleures et des plus aristocratiques de Paris, et déjà, dans le grand salon spécialement décoré pour la circonstance, une société élégante et nombreuse était réunie.

Au fond de la salle, une estrade avait été dressée, garnie de fauteuils et de tables couvertes de livres aux riches reliures et de couronnes vertes. En avant de cette estrade, des banquettes étaient disposées en files parallèles pour les élèves, et derrière on avait rangé les sièges destinés aux parents. Tout avait un air de fête. Sur les murs couraient des guirlandes de feuillage et de fleurs. Papas et mamans étaient en grande toilette. A la sévérité habituelle de l'école avaient fait place les coquets atours et les frais ornements des assemblées mondaines.

Antoinette alla s'asseoir parmi ses compagnes. Quoiqu'elle fût fatiguée par l'insuffisance du sommeil de la nuit et que l'excitation nerveuse à laquelle elle était en proie nuisît quelque peu à la grâce de son visage, elle était charmante dans sa robe blanche agrémentée de rubans roses. Ses traits aux contours délicats, ses yeux noirs, son nez effilé, ses lèvres minces et arquées où flottait d'ordinaire un aimable sourire, lui constituaient une beauté que rehaussait une admirable chevelure d'ébène, dont les boucles épaisses descendaient jusqu'à sa ceinture. Puis il y avait dans sa démarche, dans son attitude et dans chacun de ses mouvements, une élégance naturelle qui prédisposait en sa faveur.

Antoinette — Toinon, comme on l'appelait en famille — avait douze ans. Elle était fille unique, et papa et maman ne savaient pas se défendre de la traiter en enfant gâtée. Elle était adorée, choyée, cajolée ; aussi, quoiqu'elle fût très bonne au fond, avait-elle des tendances à se croire plus qu'elle n'était. On regrettait de ne pas trouver en elle la modestie si séante chez les fillettes de son âge ; on l'eût désirée moins fière dans ses habitudes et dans son langage, moins entichée de ses mérites.

Convenir d'une erreur ou d'un tort lui apparaissait comme une humiliation. Il lui arrivait fréquemment de traiter les domestiques de ses parents comme des gens d'une nature inférieure et d'être avec eux d'une dureté que rien ne légitimait ; elle leur donnait des ordres avec hauteur et s'impatientait quand ils n'étaient pas immédiatement exécutés. Elle supportait mal les contrariétés et admettait difficilement que ses désirs ne fussent pas réalisés.

Ce n'étaient encore là que des travers ; mais ces travers étaient inquiétants. A coup sûr ils grandiraient avec l'âge, si l'on n'y apportait remède, et deviendraient de graves défauts, gros de terribles conséquences. La vanité est, en effet, une source fatale de malheurs multiples. Elle aliène infailliblement la sympathie d'autrui ; elle peut même aller jusqu'à créer de violentes inimitiés. Et, qui plus est, elle entraîne à des actes regrettable, à un système de con-

suite fâcheux. Qui veut se placer très haut risque de
dégringoler très bas, et, comme disaient les anciens
Romains, la roche Tarpéienne est tout près du
Capitole.

Onze heures venaient à peine de sonner lorsque
la distribution des prix commença. Un vieux monsieur, chevalier de la Légion d'honneur, correctement vêtu du traditionnel habit noir et de la non
moins traditionnelle cravate blanche, ganté et chaussé
de bottines vernies, prit place sur l'estrade entre la
maîtresse de la pension et une dame portant au corsage la décoration violette des officiers d'académie.
Il s'efforça d'adoucir par un sourire la gravité de sa
physionomie, de son âge et de son costume, chercha
à atténuer l'effet de ses cheveux blancs par l'aménité
de son regard.

Puis, soudain, il tira de sa poche des feuillets de
papier, se leva, posa sur son nez un lorgnon à mon-
ture d'or. L'auditoire comprit qu'il allait parler, et le
silence se fit.

Le discours qu'il prononça — ce discours obliga-
toire, dont l'utilité paraît plus que contestable à la
plupart des écoliers et des écolières — ne fut pas
long. M. le président se contenta de donner quelques
conseils agrémentés de citations classiques. Sa

harangue terminée et applaudie suivant l'usage, une des sous-maîtresses de la pension monta sur l'estrade et commença la lecture du palmarès.

L'émotion était à son comble parmi les jeunes filles. Le moment solennel était arrivé; et n'eût été un malencontreux éternuement qui provoqua une passagère hilarité, on aurait pu se croire dans un temple du silence et du recueillement.

Les nominations se succédèrent; chaque lauréate se levait à l'appel de son nom et allait recevoir sur l'estrade, des mains de M. le président, le prix qui lui était décerné.

Défilé charmant, dont la lenteur un peu cérémonieuse était corrigée par le bruit des bravos et les manifestations d'une joie vivement ressentie.

« 2ᵉ classe, 1ʳᵉ division. — Prix d'honneur : Mˡˡᵉ Antoinette Bassilan. »

Ce fut au tour de Toinon d'aller, triomphante, recevoir, avec l'accolade du monsieur en habit noir, la récompense qui lui était attribuée.

« Arithmétique. Premier prix.... »

Toinon attendait, l'oreille tendue. L'erreur d'un centime qu'elle avait commise dans sa composition générale lui trottait par la tête.

« Mˡˡᵉ Antoinette Bassilan. »

Toinon exulta. C'est qu'elle y tenait à ce prix d'arithmétique; elle y tenait, parce que papa avait un respect marqué pour la science des chiffres, prétendant que, dans la vie, il faut, pour être sage, c'est-à-dire pour être heureux, régler autant que possible le cours de ses actions avec une précision mathématique.

Du reste, Toinon aurait eu toutes les premières nominations, si, au nombre de ses rivales, il ne s'était trouvé certaine demoiselle qui en deux facultés se permit de lui ravir la palme. Mais il faut bien une ombre à un tableau, et notre jeune amie se consola de n'être point victorieuse sur toute la ligne en se rappelant que l'histoire ne mentionne pas un seul conquérant qui n'ait eu ses défaites, et en se disant, à la manière des bonnes gens, que l'on ne peut pas tout avoir.

Si Toinon reçut des félicitations, on s'en doute. Pour quelques instants, ses couronnes lui constituaient une sorte de royauté, et les compliments qu'on lui prodiguait lui apparaissaient comme des hommages rendus à sa supériorité.

Malheureusement, sa joie bien légitime n'était pas doublée de la modestie et de la simplicité qui auraient dû en être comme la parure. La satisfaction d'orgueil qu'elle éprouvait passait avant la conscience du devoir rempli et du travail poursuivi avec persévérance. Pour un peu, elle aurait traité ses compagnes avec hauteur, sinon avec mépris. Aux adieux qu'elle leur adressa, elle oublia de mêler des paroles d'amitié.

La fête ne s'était terminée qu'à une heure de l'après-midi, et à trois heures Toinon devait partir avec ses parents pour le château de Sermet, où habitait sa grand'mère. Il n'y avait pas de temps à perdre pour revêtir un costume de voyage, boucler les malles et se rendre à la gare. Mais on se hâta, on trouva un peu de place pour loger dans une valise les prix de Toinon, qu'il fallait bien porter à grand'maman, et lorsque l'omnibus du chemin de fer, commandé d'avance, arriva, on était prêt.

Le château de Sermet est sur les bords de la Loire, à quelques kilomètres d'Orléans. Il est de construction moderne, frais et coquet, et s'élève au milieu d'un vaste parc, où de grands arbres entretiennent pendant la chaleur de l'été une ombre bienfaisante.

De sa terrasse, on voit, par des échappées habilement ménagées, briller la nappe argentée du grand fleuve, entre des îlots ombragés de saulaies et des bancs de sable qui de jour en jour changent d'aspect, suivant la crue ou la décrue des eaux.

De Paris on y va en moins de trois heures; ce n'est qu'une longue promenade, accomplie sans fatigue, à travers une riche campagne, où les regards se reposent sur des sites toujours jolis et sans cesse différents.

Quand les voyageurs arrivèrent au château, ils trouvèrent sur le perron grand'maman, qui les attendait avec impatience.

— Enfin ! s'écria-t-elle, dès qu'elle les aperçut.

Et, encore alerte malgré son âge, elle descendit rapidement les marches.

On s'embrassa et se réembrassa.

— Eh bien! mon enfant, demanda à Toinon la vieille châtelaine, m'apportes-tu beaucoup de prix?

— Oh ! bonne maman, une cargaison.

— Alors, te voilà savante?

Toinon se dressa fièrement dans sa petite taille.

— Dame! j'ai beaucoup travaillé, dit-elle.

— Eh bien ! mon enfant, joins au savoir la modestie, et ce sera parfait.

Près du perron, une petite fille d'une dizaine d'années se tenait debout, regardant de ses grands yeux curieux et étonnés les nouveaux arrivés. Elle était pieds nus et pauvrement habillée, et hésitait à

approcher pour présenter ses hommages aux hôtes
du château.

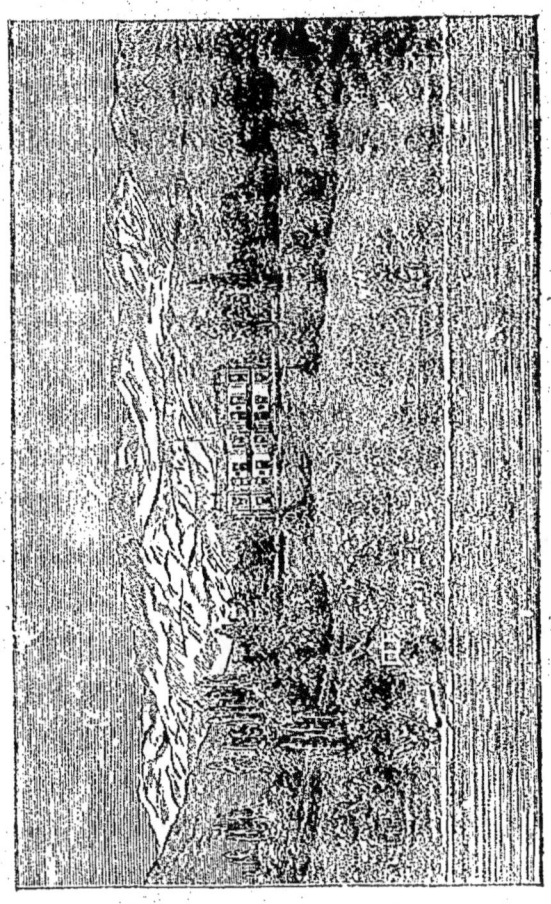

Château de Sermet.

— Bonjour, Simonetto, lui dit Mme Bassilan ;
est-ce que nous te faisons peur, que tu n'oses pas
venir jusqu'ici?

2

Ainsi interpellée, la fillette s'avança, gauche dans sa démarche, mais sympathique cependant. Ce fut à peine si Toinon lui tendit le bout de ses doigts gantés; froide et dédaigneuse, elle ne lui adressa pas une parole.

On pénétra dans l'intérieur du château.

— Tu as été peu aimable avec Simonette, dit M. Bassilan à sa fille; pourquoi?

— Parce que ce n'est qu'une paysanne.

— Eh! mon enfant, les paysannes méritent d'être traitées avec quelque déférence. Ce sont pour la plupart d'honnêtes travailleuses, qui ont droit à toute notre considération, je dirai même à tout notre respect.

Soudain une femme petite, toute ronde et très rouge, accourut. Un vaste tablier de cotonnade bleue pendait de sa ceinture jusque sur ses pieds; elle avait, pour être plus à l'aise, relevé jusqu'au-dessus du coude les manches de son corsage; et dans sa précipitation, elle avait oublié de laisser à la cuisine les attributs de ses fonctions. D'une main, elle tenait une énorme casserole de cuivre, de l'autre un tampon de chiffon enduit de tripoli.

C'était Suzon, la cuisinière. Elle se confondit en révérences et en salutations, et sur sa figure épanouie se peignit une expression de joie.

La mère Suzon, actuellement cuisinière en chef du
château, avait été la nourrice du père de Toinon ;
aussi sa famille à lui était-elle un peu sa famille à
elle. Et autant son attitude était correcte vis-à-vis des
étrangers, autant elle se considérait avec les Bassilan dégagée des formules inutiles. Elle avait passé
près de quarante ans au service de la famille. C'était
là de quoi justifier certaines privautés de langage et
de manières.

— Vite, dit-elle, le dîner est prêt. On a mis, pour
vous faire fête, les petits plats dans les grands ; et si
vous tardez à vous asseoir à table, le rôti sera brûlé.

Quelques minutes après, fourchettes et cuillères
faisaient leur œuvre dans la salle à manger.

Les fenêtres ouvertes donnaient sur le parc ; le
parterre étendait au loin son tapis de verdure. Le
château était un vrai nid de feuillage et de fleurs. A
l'entour des croisées, des plantes grimpantes met-
taient l'ornement de leurs feuilles entrelacées ; les
liserons, les roses pâles, le chèvrefeuille alternaient
leurs couleurs sur le fond blanc des murs.

C'est que le père de Simonette n'était pas un jardinier ordinaire. On n'eût pas trouvé facilement, à
plusieurs lieues à la ronde, un horticulteur plus
émérite. Il avait embelli la demeure de ses maîtres,

depuis l'entrée ratissée et solennelle jusqu'au potager
qui s'étendait derrière le corps du bâtiment. En
vérité, le bonhomme était un artiste en son genre. Il
n'avait pas son égal pour faire pousser les primeurs;
c'était pour lui comme un point d'honneur d'en avoir
avant tous ses confrères du pays. Il les soignait
avec amour et se délectait par avance d'en offrir la
surprise à la grand'mère de Toinon.

Ce soir-là, quoiqu'on ne fût qu'aux premiers jours
du mois d'août, des pêches superbes et des raisins
déjà mûrs étaient disposés dans des coupes.

Après le dîner, Toinon voulut revoir en détail
l'intérieur du château. Elle quitta la salle à manger,
parcourut les salons et les chambres, renouvela connaissance avec les meubles, tira sa révérence à quelques portraits de famille pendus aux murs.

Elle s'arrêta quelque temps dans un petit boudoir
du plus pur style Louis XVI, dont les fauteuils et les
chaises lui rappelaient certaine excursion faite au
petit Trianon de Versailles, où elle avait surtout
remarqué la chambre de Marie-Antoinette, reine de
France. Ces petits sièges droits, aux pieds cannelés
et dorés, recouverts de tapisseries pâles où sou-
riaient des bergères enrubanées, elle les trouvait
charmants. Elle s'assit sur l'un d'eux, s'y prélassa,

se regarda dans une glace, regretta que sa robe ne fût pas à paniers et que sa chevelure ne fût pas poudrée ; il ne manquait que ces détails pour que, à son avis, le tableau fût complet.

Puis elle se leva, prit sur un meuble un éventail d'ivoire finement travaillé, le déploya, et, imitant de

Elle joua une vieille romance apprise pour
la fête de son père.

son mieux les façons d'une grande dame de l'ancien régime, faisant ses grâces, elle se pavana au milieu des meubles qui ornaient le boudoir.

Quand elle en eut assez de ce rôle, elle alla à un clavecin, l'ouvrit, et, mise en gaieté, elle joua une vieille romance apprise quelque temps auparavant pour la fête de son père.

Le soir descendait lentement ; l'air était très doux. Sur le rebord de la fenêtre ouverte des oiseaux vinrent se poser. Sans doute, les oiseaux du château aimaient la musique. De tous côtés ils arrivaient. Pour leur complaire, Toinon attaqua son grand morceau : les fameuses *Cloches du Monastère*, de feu maître Lefébure. Peu à peu les visiteurs ailés prirent part au concert ; décidément c'étaient de vrais dilettantes. Qui sait ? peut-être avaient-ils, eux aussi, pris des leçons de musique chez des professeurs emplumés. Toinon trouva qu'ils chantaient juste, et que, pour être improvisé, leur accompagnement ne manquait ni d'originalité ni de charme.

Mais tout à coup, patatra !... Brusque entrée de la mère Suzon, brusque départ des oiseaux. Le concert finissait lamentablement. Mlle Toinon eut un geste de dépit et de colère. Vivement elle se leva.

— Pourquoi venez-vous me déranger ? dit-elle.

— Ce sont vos parents qui m'envoient vous chercher, mademoiselle, pour que nous ouvrions vos malles et disposions votre chambre. Il va être bientôt l'heure où l'on a l'habitude de se coucher au château.

— Vous auriez au moins pu entrer plus doucement. Les oiseaux étaient venus me tenir compagnie. Vous les avez fait envoler.

— Oh! bien, voilà qui n'est pas grave; ils reviendront demain. Ici, voyez-vous, presque toutes les bêtes sont à moitié apprivoisées, parce qu'on est bon avec elles et qu'elles savent bien qu'on ne veut pas leur faire de mal.

Toinon précéda la servante dans la chambre qui lui était destinée.

— Alors, dit-elle, ici on se couche avec le jour?

— Oui, mademoiselle, et on se lève avec lui. C'est le bon moyen pour avoir le teint frais.

— Oui, les joues et les mains rouges comme les vôtres, n'est-ce pas?

La repartie voulait être méchante; mais Suzon, qui pourtant n'avait pas sa langue dans sa poche, se contenta de sourire sans répondre.

Une heure après, toutes les lumières étaient éteintes dans le château, et l'on n'entendait au dehors que les mille bruissements de la nature qui, réunis, constituent son silence.

II.

Drelin, drelin, drelin.... C'est la cloche du château
qui résonne. Drelin, drelin, drelin.... Toinon ouvre
les yeux, regarde la pendule; il est tout juste six
heures du matin.

— Déjà se lever! dit-elle; c'est bientôt.

Elle hésitait à quitter son lit; elle allait même probablement s'accorder quelques instants de plus de
repos, certaine d'avance de l'impunité pour cette
infraction aux règlements voulus par sa grand'mère,
lorsque Suzon entra dans sa chambre, ouvrit les
fenêtres et tendit ses bas à mademoiselle.

— Dépêchez-vous, dit-elle; dans une demi-heure
le déjeuner sera servi, et tant pis pour qui arrive en
retard.

Après avoir assisté au commencement de la toilette de Toinon, elle se retira, certaine que la fillette
n'écouterait pas la chanson de son oreiller, et
retourna à ses multiples occupations.

Notre jeune amie s'habilla en maugréant. N'était-
ce pas ridicule de commencer la journée d'aussi
bonne heure? Quel avantage pouvait-il y avoir à rac-
courcir sans nécessité le temps du sommeil? Aucun,
sûrement. L'air du matin, quand on le respirait trop
tôt, n'avait, à son avis, d'autre effet que de prédis-
poser à la mauvaise humeur. Pour cette fois, Toinon
oublia de se regarder dans sa glace; c'était l'indis-
cutable preuve d'un reste d'engourdissement, car
l'enfant était un tantinet coquette et aimait particulièrement à surveiller devant un miroir l'arrangement
de sa coiffure.

A six heures et demie, second carillon. Antoinette
descendit à la salle à manger.

— Eh bien! petite, demanda grand'maman, comment as-tu dormi?

— Bien, mais on m'a éveillée trop tôt.

— Trop tôt, à six heures? Quand la cloche a

sonné pour la première fois, j'étais déjà levée depuis un grand moment. Vois-tu, rien n'entretient la santé et n'augmente la vigueur comme l'habitude du lever matinal.

Antoinette accueillit cette déclaration par une moue significative; évidemment elle n'était pas convaincue.

— C'est la vérité, mon enfant. Et c'est là une des principales raisons pour lesquelles les gens de la campagne se portent mieux que les citadins accoutumés aux longues veilles et aux grasses matinées.

Après le déjeuner, Toinon voulut mettre immédiatement à profit le temps des vacances. Elle prit un chapeau et s'en alla dans le parc, regardant avec curiosité les fruits qui mûrissaient, constatant les modifications qui avaient été apportées depuis l'année précédente dans les pelouses, les plates-bandes et les jardins.

Chemin faisant, elle coupa des fleurs; elle voulait faire un bouquet pour sa grand'mère; et, afin qu'il fût beau et bien accueilli, elle s'en prit aux plus belles tiges. Mais, tandis qu'elle dévastait les parterres, un gros chien accourut vers elle, grondant et montrant des crocs acérés. Toinon essaya de l'amadouer, le flatta du geste et de la voix ; ce fut en pure perte. Après avoir grogné, l'animal aboya.

La situation n'avait rien de rassurant ; au moins Toinon en jugea ainsi, et, préférant la prudence à la bravoure, elle s'enfuit à toutes jambes, semant dans les allées les fleurs qu'elle avait cueillies. Le chien la suivait, aboyant toujours. La fillette avait beau précipiter son allure, l'animal était sur ses talons. Elle commençait à perdre haleine et elle était encore à une bonne portée de fusil du château. Jamais elle n'aurait la force de courir jusque-là ; elle sentait qu'il allait falloir s'arrêter et s'en remettre à la magnanimité du chien, laquelle paraissait douteuse.

Heureusement, un homme surgit soudain d'un taillis et cria rudement :

— Ici, Milord, ici !

C'était le père Simon. L'animal cessa d'aboyer, et, dompté, obéit au vieux jardinier.

— Eh ! ma pauvre demoiselle, comme vous voilà essoufflée ! Fallait pas avoir peur. Milord n'est pas méchant.

— Pas méchant, pensait Toinon ; il en avait pourtant bien l'air, s'il n'en avait pas la chanson.

Elle était toute rouge, et ses jambes tremblaient ; elle s'appuya contre un arbre et laissa choir les

quelques fleurs qu'elle tenait encore dans sa main.
Le jardinier vit les débris du bouquet.

— Ah! je comprends, dit-il, pourquoi Milord
vous a cherché noise. Vous avez voulu dévaster nos
plates-bandes, et il s'est gendarmé. Dame! il ne
savait pas que vous en aviez le droit. Nous ne l'avons
que depuis quelques mois, et il ne vous connaissait
pas. Il a fait son métier, qui est de défendre la pro-
priété de ses maîtres, et, ma foi, on ne peut guère
lui reprocher que d'avoir mis un peu trop de vivacité
dans ses procédés. Il faut lui pardonner en faveur de
ses intentions. Sauf votre respect, mettez-vous pour
un moment à sa place, et supposez que vous voyez
quelqu'un couper les plus belles fleurs du père
Simon, celles dont il est le plus fier, celles qui lui ont
donné le plus de mal; que feriez-vous? Car, avouez-
le, vous avez cueilli les reines de mes plates-bandes,
des camélias magnifiques, des tulipes dont un horticulteur hollandais serait jaloux, des produits pour
lesquels j'ai employé toute ma science....

Tout en parlant, le bonhomme regardait tristement
les fleurs qui gisaient sur le sol; évidemment il déplo-
rait, sans trop l'oser montrer, le massacre de Toinon.

— Enfin, ajouta-t-il en manière de conclusion,
ça repoussera.

Il prit Milord par son collier, le mena devant la fillette et l'obligea à se coucher à ses pieds.

— Demandez pardon à mademoiselle de la peur que vous lui avez faite, dit-il.

Sans doute le chien comprit l'ordre qu'on lui donnait, car humblement il leva la tête vers Toinon, qui, oubliant toute rancune, caressa son museau en signe de paix et d'amitié.

— Ainsi, dit le père Simon, vous vouliez offrir un bouquet à vos parents?

Toinon fit un geste d'assentiment.

— Eh bien! le bouquet est perdu, et c'est dommage. Mais, comme compensation, je vous engage à leur porter quelque chose qu'ils apprécieront sûrement. Venez avec moi.

Le jardinier conduisit Toinon dans un coin du potager où étaient alignés de magnifiques pieds de salades romaines.

Milord, maintenant, suivait sa jeune maîtresse en animal soumis.

— Au lieu de garnir un des vases du salon, dit le père Simon, vous garnirez le saladier de la salle à manger; c'est au moins aussi pratique.

— Mais, observa Toinon, ces romaines ne doivent pas être mangeables.

— Et pourquoi, je vous prie?

— Parce qu'elles sont toutes vertes et sans doute très amères.

— Celles qui ne sont pas liées, oui; mais les autres, non pas.

Le bonhomme s'approcha d'une rangée dont toutes les salades étaient attachées avec des lianes d'osier et arracha une romaine.

— Tenez, dit-il en l'ouvrant, regardez si ce pied n'est pas blanc.

— Il l'est, en effet. Et comment cela se fait-il?

— C'est bien simple. En liant mes salades, je les prive d'air et de lumière, et elles blanchissent tout naturellement. Vous n'avez donc pas appris ça à l'école où vous allez?

— Oh! nous avons bien autre chose à faire. A quoi nous servirait, d'ailleurs, d'étudier le jardinage? Nous autres, Parisiennes, nous n'aurons jamais à élever des légumes et des salades.

— Vous n'aurez pas non plus, au moins je le suppose, à écrire une histoire de France; et cependant vous apprenez cette histoire. Voyez-vous, mademoiselle, expérience passe science, comme on dit; et j'estime qu'il n'est pas mauvais de connaître les choses de la vie pratique, en attendant de savoir les théories de messieurs les savants. Quoi qu'il en soit, du reste, veuillez accepter cette romaine et l'offrir à madame votre mère.

Simon avait parlé en bon paysan qu'il était. Pour lui, la littérature, la science et les arts n'existaient guère; il savait à peine le nom de Corneille, comptait sur ses doigts et ne faisait nulle différence entre une croûte et un tableau de Raphaël. Mais s'il poussait trop loin le mépris du savoir que l'on acquiert à l'école, il avait, d'un autre côté, bien raison de dire que rien, dans la vie, ne saurait remplacer l'expérience. La vie, pensait-il, est une suite de faits, et non pas un assemblage d'idées; et les plus belles théories du monde ne donneront pas à manger à celui qui n'a pas une bouchée de pain à se mettre sous la dent.

Toinon avait accepté la romaine du père Simon. Elle allait prendre congé de lui et retourner au château, lorsqu'il procéda à une opération qui intrigua vivement la fillette.

Avec un canif, il avait pratiqué une incision dans l'écorce d'un églantier, et il avait placé dans le creux ainsi formé une pousse empruntée à un rosier.

— Que faites-vous là, Simon? demanda Toinon.

— Je greffe, mademoiselle.

— Vous greffez? .

— Oui. Peut-être ne vous a-t-on pas non plus
enseigné, à votre école, ce que c'est que la greffe.
Eh bien! moi qui ne suis pas un professeur et qui
sais tout juste lire et écrire, je vais vous expliquer en
quoi cela consiste. Comme vous l'avez vu, j'ai pris
une jeune branche de rose et je l'ai mise entre le bois
et l'écorce de cet églantier; c'est tout comme si
j'avais planté un rosier dans la terre.

— Alors l'églantier produira des roses?

— Parfaitement. Pour que ma pousse de rosier
prenne bien, je n'ai plus qu'à lier fortement, avec de
la ficelle, la branche où je l'ai placée, au-dessus et
au-dessous de l'incision; cela fait, je n'aurai qu'à
dormir sur mes deux oreilles, ou plutôt à m'occuper
d'autres travaux.

Toinon commençait à reconnaître que si le père
Simon n'était pas bachelier, il n'était pas non plus un
ignorant; il ne savait pas le latin et la géométrie,
c'était vrai; mais il savait d'autres choses. Pourquoi
ne lui avait-on pas enseigné, à l'école où elle allait
à Paris, la manière de greffer? C'était pourtant chose
utile à connaître, non seulement utile, mais agréable.

Si, pour avoir de belles fleurs et de beaux fruits, il
suffisait de procéder comme venait de le faire Simon,

rien n'était plus simple, pensait-elle, que de faire
pousser, dans son propre appartement, des camélias
ou des groseilles, des anémones ou des abricots, à
son choix. Sans compter que ce devait être fort
amusant de recueillir ainsi sur un arbre des fleurs
ou des fruits tout différents de ceux qu'il était naturellement destiné à produire.

Elle eut une idée, une idée qui la fit sourire. Il y
avait dans le salon du château un palmier magnifique, auquel bonne maman tenait beaucoup. Si elle
greffait, sans prévenir personne, des roses sur ses
tiges? Ce serait très drôle de voir dans quelque
temps les fleurs pousser et fleurir, et tout le monde
serait très étonné. D'ailleurs, ce serait très joli
comme effet, et sûrement bonne maman serait en-
chantée de l'idée de sa petite-fille.

Oui, le projet était très divertissant; et rien, absolument rien, ne s'opposait à sa réalisation. Même
Toinon prétendait en tirer honneur et gloire. Elle
trouvait que l'on avait grand tort de ne pas tirer de
la greffe tout le parti qu'elle comportait; puisque l'on
avait un tel moyen à sa disposition, pourquoi n'es-
sayait-on pas d'une foule de combinaisons qui, à
défaut d'autres mérites, auraient au moins le charme
de l'originalité?

Bref, sa résolution était prise, et elle se mit en devoir de l'exécuter. Elle choisit dans le jardin un superbe rosier, dont elle coupa plusieurs jeunes pousses. Elle arriva au château, sa romaine dans une main, ses branches dans l'autre. Pressée de commencer l'opération de la greffe, elle donna la salade à Suzon, en lui recommandant de la servir au déjeuner. Elle ne voulait pas perdre de temps à chercher sa mère, à qui la salade était destinée ; elle en mangerait, et cela suffirait.

— Suzon, dit la fillette, pouvez-vous me prêter pour un moment un canif.... un canif qui coupe bien ?

— Non, mademoiselle, je n'en ai pas.

— Un couteau bien aiguisé, alors ?

— Ah ! pour des couteaux, je n'en manque point. Tenez, ouvrez le tiroir de cette table, et choisissez.

Toinon ouvrit le tiroir désigné et passa en revue une douzaine de couteaux, qu'elle essaya l'un après l'autre contre le pouce de sa main droite.

— Voici qui fera l'affaire, dit-elle, son examen terminé.

Elle avait jeté son dévolu sur un coutelas dont la lame, mince et pointue, avait au moins trente centimètres de long.

— Ah! mon Dieu, mademoiselle, s'écria la domestique, qu'est-ce que vous voulez faire d'un pareil
outil?

Il y avait dans le salon du château un palmier magnifique.

— M'en servir, bien sûr.

— Sans doute; mais à quoi bon prendre mon couteau à couper le jambon? Il est affûté comme un rasoir, savez-vous, et j'ai peur qu'il ne vous arrive quelque accident.

— Soyez tranquille. Je ne suis pas une imbécile.

— Eh! sûrement, non, vous n'êtes pas une imbécile; mais une maladresse est bientôt faite.

— Je ne suis pas maladroite.

— Soit; mais, enfin, qu'est-ce que vous voulez faire d'un couteau à jambon?

— M'en servir, je vous le répète.

Suzon n'osa pas insister; elle se contenta de pousser un soupir et de lever les bras au ciel.

— Maintenant, reprit Toinon, donnez-moi de la ficelle.

— De la ficelle, bien. Vous en faut-il beaucoup?

— Une demi-pelote suffira.

— Faites mieux; prenez toute une pelote, et vous me rendrez ce dont vous n'aurez pas eu besoin.

Munie de ses boutures, de son couteau et de sa ficelle, Toinon se rendit au salon. Avant d'y pénétrer, elle s'assura, en regardant par la porte entr'ouverte, qu'il n'y avait personne; puis elle s'approcha du palmier, et, fière comme un général le lendemain d'une victoire, le sourire aux lèvres et la joie dans les yeux, brandit son couteau et.... le déposa sur un meuble.

Le palmier avait neuf grandes tiges; il s'agissait de greffer un rosier sur chacune d'elles, pour qu'il n'y en eût pas de jalouse. Toinon pensa, de plus, qu'il fallait fixer les pousses un peu haut, et, autant que possible, sur le même plan horizontal, pour que les rosiers fissent à l'arbre une jolie couronne bien symétrique.

Elle eut bientôt déterminé les places les plus favorables à son dessein. Alors, elle reprit son couteau. Crac!... une première incision. Crac!... une deuxième. Crac!... une troisième. Et ainsi jusqu'à neuf. C'était d'une facilité à nulle autre pareille; la lame pénétrait dans les tiges comme dans du beurre.

Les neuf incisions pratiquées, Toinon redéposa son couteau et fixa une bouture dans chacune des incisions, absolument comme avait fait le père Simon quand il avait greffé une rose sur un églantier.

Enfin, elle passa à la troisième et dernière partie de l'opération : elle lia fortement les tiges du palmier aux endroits des greffes.

— Voilà! dit-elle, quand tout fut terminé; si bonne maman n'est pas contente de moi et de mon travail, c'est qu'elle sera vraiment difficile.

Elle retourna à la cuisine et rendit à Suzon son couteau et le reste de sa pelote de ficelle.

— Vous voyez que je ne me suis pas coupée, lui dit-elle, en montrant fièrement ses doigts.

Toute la famille se réunit dans la salle à manger à l'heure du déjeuner. Le repas fut très gai. Seule Toinon resta relativement silencieuse.

— Qu'as-tu, fillette? lui demanda son père. Te voilà pour une fois aussi taciturne que feu le prince Guillaume d'Orange.

— Je n'ai rien, papa; absolument rien.

— Tu n'es pas malade? ajouta Mᵐᵉ Bassilan.

— Non, maman, pas le moins du monde.

Si Toinon était taciturne, c'est qu'elle pensait à l'opération qu'elle avait faite quelques instants auparavant, et qu'elle se délectait par anticipation de la surprise et de la joie que ses parents et sa grand'-mère allaient éprouver, lorsque, tout à l'heure, on passerait au salon pour prendre le café et que l'on s'apercevrait de la greffe pratiquée sur le palmier.

— Voilà ce que c'est que d'être intelligente! se disait-elle. On profite de la moindre leçon, et, sans prévenir personne, on accomplit un chef-d'œuvre. Patience! le moment de mon triomphe est proche.

Patience..., c'est bientôt dit; mais c'est plus difficile à réaliser. En réalité, Toinon trouvait que l'on servait beaucoup trop de plats et que l'on mangeait beaucoup trop lentement. Par extraordinaire, elle trouvait aussi que l'on perdait beaucoup trop de temps à causer. Puis l'émotion lui coupait l'appétit; elle touchait à peine aux mets les plus délicats et ne savait quelle contenance tenir.

Enfin, l'instant solennel, l'instant si désiré arriva. Grand'maman plia sa serviette et se leva de table; chacun suivit son exemple, et l'on passa dans le salon.

On s'assit. Mais soudain Mᵐᵉ Bassilan vit sur le parquet les feuilles de rosier que Toinon avait éparpillées.

— D'où vient cela? dit-elle.

La fillette ne souffla mot.

— Et d'où vient que l'on a ficelé les tiges du palmier? dit à son tour M. Bassilan.

— Ficelé les tiges du palmier!... s'écria grand'-maman.

Et, comme si elle eût été mue par un ressort, elle abandonna son fauteuil et s'approcha vivement de l'arbre.

— Ah! mon Dieu, mais c'est vrai, il est ficelé!... Et on a mis des branches sur ses tiges!... Qu'est-ce que cela signifie?

Toinon n'y tint plus.

— Bonne maman, dit-elle, rouge d'orgueil, bonne maman, c'est à moi que vous devez adresser vos remerciements.

— Mes remerciements!...

— Oui, c'est moi qui tout à l'heure ai greffé des rosiers sur votre palmier.

— Des rosiers.... sur.... mon palmier! Voyons, mon enfant, tu veux plaisanter.

— Mais pas du tout, bonne maman, je vous assure. Dans quelque temps, votre palmier portera des roses superbes. Est-ce que vous ne serez pas contente?

— Mon palmier.... des roses superbes.... En vérité, c'est à n'y rien comprendre.

— C'est pourtant bien simple. Ecoutez. Ce matin, je suis allée au jardin et j'ai vu Simon greffer un rosier sur un églantier. Il m'a expliqué comment il s'y prenait, et que greffer c'est bien plus avantageux que de semer dans la terre. Alors, j'ai fait comme lui. Je vous le répète, bonne maman, dans quelque temps votre palmier portera sur chacune de ses tiges des roses superbes.

A cette déclaration de Toinon grand'maman faillit s'évanouir. Elle poussa un cri de douleur, et, de leur côté, M. et Mme Bassilan laissèrent échapper nombre de *oh!* et de *ah!* de surprise et de désolation.

Juste à ce moment, Suzon entra dans le salon, portant sur un plateau la cafetière et les tasses. En entendant les exclamations de ses maîtres, elle crut qu'un grand malheur venait d'arriver, et, émue jusqu'au fond de l'âme, elle laissa tomber son plateau. Le café coula sur le parquet, les tasses et les soucoupes se brisèrent en morceaux, le sucre s'éparpilla.

Ce furent de nouvelles exclamations, de nouveaux cris de douleur. Bonne maman se lamentait, M. et Mme Bassilan étaient désolés. Et le café formait sur le parquet des lignes noires qui allaient s'allongeant sans cesse.

Il fallut quelques minutes pour que chacun recouvrât sa présence d'esprit. M. Bassilan ramassa enfin la cafetière et les morceaux de sucre. Puis ce fut un concert peu harmonieux d'imprécations contre Toinon.

— Malheureuse! s'écriait bonne maman, qu'as-tu fait? Mon palmier!... l'arbre auquel je tenais par-dessus tous les autres!... perdu!... Hélas! le malheur est irréparable!... Perdu!... Ah! malheureuse!

— Mademoiselle, disait M. Bassilan, voilà une fantaisie que vous payerez cher, je vous l'assure.

— Le café renversé, les tasses brisées, le sucre souillé, le parquet plus souillé encore : voilà ton œuvre, déclarait Mᵐᵉ Bassilan.

Suzon restait debout, muette, les yeux écarquillés et la bouche ouverte.

Ainsi Toinon avait voulu bien faire, ainsi elle s'était promis une ample récolte de louanges et de remerciements, ainsi elle avait, à son avis, témoigné d'une rare intelligence..., et elle était grondée, honnie, vilipendée. O injustice du sort ! ô cruauté du destin !

Elle essaya de se disculper, expliqua les raisons qui avaient dicté sa conduite, fit valoir ses bonnes intentions : elle puisa même dans la vivacité des sentiments qu'elle éprouvait une éloquence attendrie et touchante. Mais son discours n'eut aucun succès.

— Mademoiselle, lui dit sévèrement son père, toutes vos paroles ne répareront pas le mal que vous avez causé. Vous méritez un châtiment, vous l'aurez; puisse-t-il vous servir de leçon pour l'avenir, vous apprendre que les petites filles de votre âge ne doivent jamais jouer aux grandes personnes et entreprendre des opérations que leur inexpérience leur interdit ! Vous n'êtes encore en toutes choses qu'une apprentie ; il faudra tâcher de ne pas l'oublier.

Rouge, honteuse, blessée dans son amour-propre, Toinon baissait la tête.

— Pendant trois jours, continua M. Bassilan, vous serez privée de dessert.

Punition légère, dira-t-on. Eh ! non, car Toinon était gourmande et raffolait des confitures et des tartelettes.

III.

Les effets du chloroforme.

A la suite de son aventure et des reproches qu'elle
lui avait valus, Toinon fut pendant quelques jours
d'une sagesse exemplaire. Grâce aux soins de Simon,
le palmier sur lequel elle avait exercé ses talents
semblait devoir survivre à ses blessures, et personne
ne parlait plus du malheureux incident.

Mais la fillette était confuse. Tout le monde, au
château, savait ce qui s'était passé, et il lui semblait
qu'elle était l'objet de la risée générale. Or, que l'on
se moquât d'elle, rien ne pouvait lui être plus pénible. Aussi, pour ne pas voir les gens sourire sur son
passage, évitait-elle de se montrer. Elle passait de

longues heures seule, soit dans un coin retiré du
parc, soit dans sa chambre, lisant ou s'occupant à
quelque travail de couture.

Elle avait choisi un petit livre qui, à en juger par
son attention, devait l'intéresser vivement.

Une après-midi, elle était dans la bibliothèque du
château. Elle avait choisi un petit livre qui, à en

juger par son attention, devait l'intéresser vivement.
C'était, en effet, un volume très curieux sur le spiritisme.

Le spiritisme.... Toinon avait quelquefois entendu
prononcer ce mot, mais elle ne savait pas au juste
ce qu'il signifiait. Or, le livre qu'elle lisait expliquait
de façon très nette ce qu'il voulait dire ; et maintenant elle comprenait, ou du moins elle croyait
comprendre. Il n'y avait qu'à trouver un médium et
à l'endormir ; et pendant son sommeil, il révélerait
inconsciemment tout ce que l'on voudrait savoir. Il
raconterait le passé et le présent, l'avenir même.
C'était simple comme bonjour.

Et quelle belle science ! En vérité, il était incom-
préhensible que l'on n'en tirât pas tout le parti possible. Puisque, grâce à elle, on pouvait savoir tout ce
que l'on voulait, elle était au-dessus de toutes les
autres.

Ce dada enfourché, elle ne le lâcha pas. Son imagination travailla et l'emporta dans le domaine du
rêve, où tout est beau et merveilleux.

A sa place, une autre, sans doute, aurait voulu
avoir des explications. Il eût été tout naturel que
Toinon demandât à son père des éclaircissements sur
cette prétendue science du spiritisme, qu'elle le priât

de lui dire ce qu'il fallait penser de la réalité de ses révélations. Mais, on le sait, la fillette avait la plus haute idée d'elle-même; elle estimait, malgré bien des leçons reçues, qu'il était inutile de prendre conseil d'autrui.

— Si je pouvais découvrir un médium, se disait-elle, sûrement j'arriverais à lui arracher, pendant son sommeil, des secrets dont la connaissance serait d'une inappréciable valeur.

Mais ce médium, où le rencontrer? Là était la difficulté.

Si elle essayait de Simonette? Elle l'amènerait aisément à consentir à l'expérience qu'elle voulait tenter. Et qui sait? peut-être cette expérience réussirait-elle.

En tout cas, il n'en coûterait rien de tenter l'aventure.

Sa résolution prise, Toinon fit part à la petite fille du rôle dont elle prétendait la charger.

— Comment! s'écria celle-ci, quand elle eut à moitié compris de quoi il s'agissait, vous voulez m'endormir?

— Certainement. Il me suffira, pour cela, de vous regarder fixement pendant quelques minutes et de vous soumettre à l'action de ma puissance magné-

tique par le moyen de gestes exécutés devant vous.
C'est très facile; et pendant votre sommeil, je vous
poserai des questions auxquelles vous répondrez
sans en avoir conscience. Ces questions, je me charge
de les choisir.

— Mais encore, sur quoi porteront ces questions?

— Sur des problèmes dont personne ne connaît
la solution, et que vous résoudrez peut-être, grâce
à l'action du magnétisme. Que diriez-vous, par
exemple, si, après une courte séance, je vous appre-
nais que vous m'avez révélé le secret de la direction
des ballons ou celui du mouvement perpétuel? Et
alors ce serait la gloire pour moi et la richesse pour
vous et votre famille.

Comme Simonette paraissait incrédule, Toinon se
lança dans un long discours qu'elle s'efforça de
rendre éloquent. Elle parla de séances dont elle
prétendit avoir entendu parler, et au cours desquelles
avaient eu lieu d'importantes découvertes; elle dis-
serta tant bien que mal — plus mal que bien — sur
la métaphysique et l'astrologie, dont elle ne savait
pas le premier mot, se livra à de laborieuses considérations sur les phénomènes de la double vue; et
comme elle avait affaire à une petite fille d'une intelligence médiocre et d'une instruction à peu près

nulle, elle réussit à la convaincre et à la gagner à sa cause.

— Mais, au moins, dit Simonette, vous me promettez qu'il n'y a pour moi aucun danger à me laisser endormir ainsi?

— Assurément.

— Vous êtes certaine de pouvoir me réveiller quand vous voudrez?

— Absolument certaine.

Rendez-vous fut pris pour le lendemain, à trois heures de l'après-midi, dans la chambre de Toinon.

La fillette, dont l'imagination allait vite, ne put fermer l'œil de la nuit; l'attente de ce qui allait se produire l'agitait et la rendait nerveuse.

— Quelles questions poserai-je à Simonette? se demandait-elle.

Elle hésita quelque temps; elle avait en tête plusieurs problèmes et ne savait auquel donner la priorité. Après réflexion, elle pensa qu'il serait peut-être imprudent de s'attaquer, pour un premier début, à une question trop difficile; il convenait d'aller progressivement du simple au compliqué, de façon à ne pas mettre, au commencement des expériences, le médium aux prises avec des obstacles qui l'embarrasseraient; il ne fallait pas, pour vouloir marcher trop

4

vite, fatiguer Simonette et la soumettre dès le début
à des épreuves trop rudes pour une novice.

Guidée par ces considérations, elle réserva pour
l'avenir le problème de la direction des ballons et
celui du mouvement perpétuel, et résolut de l'inter-
roger sur la reproduction des couleurs par la photo-
graphie.

Elle savait que, malgré toutes les recherches dont
cette question a été l'objet, on n'a pas encore réussi
à la résoudre, même partiellement; et elle se disait
que, si elle pouvait atteindre son but, elle immorta-
liserait son nom.

Le lendemain, elle ne fit pas honneur au déjeuner;
sa tête portait préjudice à son estomac. Elle était à ce
point préoccupée, qu'elle trempa son pain dans le
moutardier, croyant le tremper dans un œuf à la
coque; et elle ne s'aperçut de son erreur que lorsque,
suivant l'expression consacrée, la moutarde lui monta
au nez.

Simonette fut exacte. Comme trois heures son-
naient aux horloges du château, Toinon, qui l'attendait impatiemment sur le perron, la vit arriver.
Elle la conduisit dans sa chambre, la fit asseoir dans
un fauteuil, tira les rideaux pour obtenir une demi-
obscurité favorable au sommeil et aux expériences

de spiritisme, et, comprimant de son mieux l'émotion qui l'obsédait, commença sur son médium les
passes magnétiques.

Son regard fixé sur Simonette, elle agita ses
mains et ses bras d'après les règles qu'elle avait lues
dans le livre de la bibliothèque; mais au bout de
quelques minutes de ce manège, elle était fatiguée,
et le sujet ne faisait nullement mine de s'endormir.

Toinon s'arrêta.

— Vous ne sentez pas le sommeil venir? demanda-
t-elle.

— Pas du tout.

— Nous allons recommencer. Seulement mettez-
y de la bonne volonté! Il faut *vouloir* s'endormir.

— Je ferai mon possible.

Les passes recommencèrent, mais sans plus de
succès que la première fois.

— Je crois bien que vous ne réussirez jamais, dit
Simonette.

Toinon était bien un peu découragée, mais elle ne
voulut pas le laisser voir.

— Si fait, je réussirai, répondit-elle. Il n'y a rien
d'étonnant à ce que je n'aie pas obtenu de résultat
du premier coup; je n'ai pas encore eu le temps d'acquérir sur vous une influence suffisante pour vous

imposer ma volonté; mais nous recommencerons
demain, et je suis persuadée que vous vous endor-
mirez.

— Nous verrons bien, fit Simonette.

Et elle s'en alla, après avoir promis de revenir le
lendemain à la même heure.

Restée seule, Toinon se rendit à la bibliothèque et
reprit le bouquin sur le spiritisme. Elle relut les
indications qu'il contenait sur la méthode à suivre
et les gestes à faire pour endormir un sujet, et acquit
la conviction que les passes auxquelles elle s'était
livrée sur Simonette avaient été absolument cor-
rectes.

Alors, comment se faisait-il que la fillette ne s'était
pas endormie?

Elle réfléchit sur la matière et réduisit à trois les
causes possibles de son échec : ou bien les circonstances dans lesquelles l'opération avait eu lieu
n'étaient pas favorables, ou bien la magnétiseuse
n'avait pas une puissance suffisante pour imposer sa
volonté, ou bien Simonette était un mauvais médium.

La deuxième de ces causes lui paraissait toutefois
peu admissible; elle ne pouvait supposer que, intelligente, instruite et habile comme elle l'était, elle
n'eût pas le don d'endormir les gens.

Non, il était bien plus probable que son sujet s'était montré réfractaire à son influence parce qu'elle n'était qu'un médium médiocre.

Quoi qu'il en fût, elle ne songea pas à s'avouer vaincue. Loin de là; elle se flatta que, dès le lendemain, elle aurait raison de la difficulté qui se présentait.

Que fallait-il pour cela? Tout simplement aider à la production du sommeil par l'action d'un soporifique. C'était extrêmement simple en théorie. Dans la pratique, c'était un peu plus compliqué.

Toinon savait bien les noms des soporifiques les plus usuels : le pavot, l'opium, le protoxyde d'azote et le chloroforme; mais comment se procurer l'une de ces substances? S'adresser au pharmacien du village voisin, il n'y fallait guère penser, d'abord parce qu'elle ne sortait pas seule, ensuite parce que messire apothicaire ne lui vendrait certainement pas des drogues sans une ordonnance de médecin.

Elle se tenait ce raisonnement fort juste, lorsque soudain elle partit d'un éclat de rire. Une idée venait de lui traverser l'esprit. Dans une des chambres du château, une pharmacie de famille était disposée dans une petite armoire; peut-être y avait-il dans cette pharmacie une des substances dont elle avait besoin.

Elle se rendit dans cette chambre. La clef de l'armoire était dans sa serrure. Toinon ouvrit et examina l'un après l'autre les noms inscrits sur les fioles rangées sur les rayons du meuble.

— Pourvu que je trouve...., se disait-elle.

Elle trouva. Elle trouva un flacon de chloroforme. Quelle joie! Maintenant elle était bien sûre d'endormir Simonette.

Il ne restait qu'un point à élucider : comment devait-elle se servir du chloroforme? Après avoir mis le flacon dans la poche de sa robe et refermé l'armoire, elle alla à la bibliothèque et consulta un dictionnaire. Elle apprit que pour endormir quelqu'un avec ce produit, il n'y avait qu'à le lui faire respirer pendant quelques minutes; mais qu'il fallait être prudent, de peur que la personne endormie ne se réveillât jamais.

— C'est bien, pensa Toinon, je serai prudente.

A l'heure fixée, Simonette arriva. Comme la veille, Toinon la conduisit dans sa chambre et l'installa dans un fauteuil.

— J'ai là, lui dit-elle, une préparation excellente pour disposer le sujet à subir l'influence de son magnétiseur. Vous allez la respirer pendant une minute ou deux, puis nous commencerons l'expérience.

— Qu'est-ce que c'est que cette préparation ?

— Un mélange de liqueurs inoffensives, qui, paraît-il, favorise la double vue.

Elle avait tiré son flacon de sa poche. Elle le plaça sous le nez de Simonette, le déboucha à moitié, et attendit, prête à le refermer dès que se manifesteraient les premiers symptômes d'anesthésie.

Une minute ne s'était pas écoulée, que l'effet prévu commença à se produire. La tête du médium s'appesantissait sur le dos du fauteuil et ses paupières étaient à moitié fermées.

Toinon reboucha le flacon de chloroforme et se livra à l'exercice des passes magnétiques.

Bientôt Simonette dormait profondém. .t.

L'heure solennelle avait sonné. Grave comme un ministre qui va prononcer un important discours, et très émue, malgré les efforts qu'elle faisait pour rester calme, Toinon se mit en devoir de poser ses interrogations.

— Simonette, m'entendez-vous ? dit-elle.

Le médium ne répondit pas.

— Simonette, m'entendez-vous? répéta Toinon

Le médium resta muet.

C'était à n'y rien comprendre. Pourtant, la fillette n'en doutait pas, son sujet était bien, cette fois, sous

l'influence magnétique. Son sommeil n'était pas un
sommeil ordinaire ; la preuve, c'est que Simonette ne
s'était pas éveillée, lorsque Toinon lui avait dit à
très haute voix, lui avait presque crié : Simonette,
m'entendez-vous ?

— Ah çà, va-t-elle se décider à parler ? murmura
la magnétiseuse.

Et, de sa voix la plus forte, elle répéta sa question
pour la troisième fois.

Toujours même mutisme.

Mais si le médium n'avait rien entendu, il n'en
était pas de même d'une autre personne — de Suzon
— qui était occupée dans la chambre voisine à quelques menus arrangements, et qui, intriguée par la
triple interrogation de sa jeune maîtresse, avait collé
son oreille au mur pour mieux écouter et se rendre
compte de ce qui se passait.

— Est-ce que vous êtes souffrante, mademoiselle?
dit-elle.

Toute surprise, et craignant que Suzon, si elle se
doutait de quelque chose, ne fît chez elle une irrup-
tion intempestive, Toinon resta bouche close.

Mal lui en prit; car Suzon, inquiétée par son
silence, ne comprenant pas à qui elle pouvait bien en
avoir, et redoutant un malheur, accourut, ouvrit la

porte sans même prendre le temps de frapper, et se
précipita dans la chambre.

A la vue de Simonette, qui dormait toujours dans
son fauteuil, elle poussa un cri.

— Ah! mon Dieu! qu'est-ce qui est arrivé? fit-
elle.

— De quoi vous mêlez-vous? répondit Toinon.
Veuillez vous en aller; vous n'avez rien à voir ici.

— Mais Simonette est évanouie....

— Pas du tout; elle est magnétisée.

Magnétisée.... Suzon ne comprenait pas exactement ce que ce mot signifiait; mais en voyant la fille
du jardinier étendue, les paupières closes, la respiration oppressée, sourde au bruit que l'on faisait
autour d'elle, elle fut prise de peur, s'enfuit et dé-
gringola l'escalier, criant :

— Au secours! au secours!

Elle faillit, dans sa précipitation, renverser
Mme Bassilan, qui, à son appel, accourait.

— Qu'y a-t-il, Suzon? demanda sa maîtresse,
toute tremblante d'émotion.

— Il y a que Simonette est évanouie dans la
chambre de Mlle Antoinette.

Mme Bassilan escalada les escaliers le plus vite
qu'elle put, s'approcha de Simonette et dégrafa rapi-

dement son corsage, puis elle prit sur la table de
toilette une serviette avec de l'eau, et mouilla le
front et les tempes de la fillette insensible.

— Comment cela est-il arrivé? demanda-t-elle à
Toinon.

— Le plus simplement du monde. J'ai endormi
Simonette au moyen de passes magnétiques.

— Au moyen de passes magnétiques?...

Puis, s'apercevant qu'une odeur singulière était
répandue dans la chambre, Mme Bassilan ajouta :

— D'où vient donc que l'on se croirait ici dans
une officine de pharmacien?

Toinon ne répondit pas; mais à une légère colo-
ration de ses joues, sa mère comprit qu'il y avait
anguille sous roche.

Elle lui ordonna d'ouvrir la fenêtre, puis elle
regarda autour d'elle s'il n'y avait rien de suspect.
Elle aperçut sur la cheminée le flacon, cause de tout
le mal, le prit et lut : *chloroforme.*

— Malheureuse ! s'écria-t-elle, c'est de cette
drogue que tu t'es servie pour endormir Simonette?

— Oui.

Affolée, redoutant une catastrophe, Mme Bassilan
appela Suzon et l'envoya au plus vite chercher un
médecin.

Toinon commençait à perdre de son assurance et à regretter de s'être lancée dans une entreprise dont elle comprenait maintenant tout le danger. Si Simonette allait ne pas se réveiller!... C'était horrible à penser.

En vain sa mère prodiguait au médium les soins les plus empressés, la pauvre enfant restait étendue sans mouvement, et la vie ne se manifestait en elle que par la respiration affaiblie et le battement ralenti de ses artères et de son cœur.

Une demi-heure s'écoula, — un siècle! Enfin, le médecin arriva.

Dès qu'il eut été mis au courant de ce qui s'était passé, il entr'ouvrit les paupières de Simonette et examina l'œil.

— Elle en reviendra, dit-il; mais il était grand temps de combattre les progrès de l'engourdissement.

Il prit une serviette et en frappa avec force la figure de Simonette; puis il s'en servit comme d'un éventail et agita vivement l'air autour de la patiente.

Bientôt la respiration devint plus facile, et quelques tressaillements agitèrent les membres de l'enfant.

— Elle va s'éveiller, dit le docteur.

Et, en effet, Simonette ne tarda pas à rouvrir les yeux. Elle ne se souvenait que très vaguement de ce qui avait eu lieu et ne s'expliquait pas sa situation. Toutefois elle recouvra peu à peu la liberté de ses mouvements et la plénitude de ses facultés.

— On ne m'y reprendra plus, dit-elle, quand elle fut tout à fait redevenue elle-même.

Toinon aurait voulu être à cent pieds sous terre. Le docteur lui adressa une grave admonestation.

— Vous voyez à quoi vous vous exposiez, lui dit-il entre autres choses ; si un malheur était arrivé — et il pouvait très bien arriver — on serait venu vous chercher pour vous conduire en prison, et vous auriez comparu devant les tribunaux, qui vous auraient certainement condamnée à une peine sévère. Votre nom eût été flétri, et votre famille plongée dans la désolation.

Toinon ne put retenir ses larmes ; elles coulèrent abondantes, signe manifeste d'une contrition sincère.

— Vous avez raison de pleurer, reprit le docteur ; mais n'oubliez pas, à l'avenir, que les larmes ne réparent pas plus un malheur que le regret n'efface une mauvaise action. C'est avant d'agir qu'il faut réfléchir.

IV.

Lo cousin Marcel

Bonne maman avait invité à venir passer quelques jours au château Mme Bouvet et son fils Marcel. Mme Bouvet, qui habitait Paris, était l'amie de Mme Bassilan. Marcel et Toinon avaient fréquemment joué ensemble aux Tuileries et aux Champs-Elysées.

Il tardait fort à Toinon que son jeune camarade et sa mère arrivassent. Elle trouvait les heures un peu longues, peut-être parce que le travail ne remplissait qu'une très faible partie d'entre elles ; de plus, elle n'avait personne avec qui se récréer.

Un matin, bonne maman reçut une lettre de Paris. Le facteur l'apporta comme on était à table pour le premier déjeuner.

— C'est de Mme Bouvet, dit la châtelaine, qui reconnut l'écriture de l'adresse.

Elle ouvrit l'enveloppe et parcourut la lettre.

— Nos amis arrivent demain, fit-elle.

— Oh! quel bonheur! s'écria joyeusement Toinon.

Et, le lendemain, la fillette voulut monter dans la voiture que bonne maman envoya à la gare du chemin de fer prendre ses visiteurs.

Mme Bouvet était veuve depuis quelques années et vivait toute pour son fils; c'était sur lui que se concentraient toutes ses espérances et toutes ses tendresses. Marcel avait onze ans; il était intelligent et bon; mais c'était bien le garçon le plus fantaisiste que l'on pût imaginer. En toutes choses il avait des idées à lui, et sa conduite ne ressemblait en rien à celle des garçons de son âge; souvent, il est vrai, les idées étaient faussées et la conduite était blâmable.

Toinon l'aimait beaucoup, l'originalité de son caractère lui plaisait, et elle avait la plus haute opinion de ses talents. Il savait la convaincre par ses discours, l'amuser par la futilité de son imagination.

Aussi ce fut une fête pour elle quand ils furent réunis. Ah! on allait joliment s'amuser!

On s'amusa, en effet, et même assez sagement.

C'était sur lui que se concentraient toutes ses tendresses.

Du moins, la sagesse dura trois jours; mais le quatrième....

Voici ce qui arriva.

Le lendemain de l'arrivée au château de Mme Bouvet et de son fils, une représentation extraordinaire devait avoir lieu à Orléans. Un prestidigitateur, dont les journaux disaient merveille, conviait au théâtre tous les amateurs, grands et petits, de tours de passe-passe et d'escamotage.

Grand'maman décida que Marcel et Toinon assisteraient à la séance. La voiture les conduirait et les ramènerait, et M. Bassilan consentit à les accompagner.

Ainsi convenu, ainsi fait ; et si les deux enfants se divertirent, je le laisse à penser. Marcel fut émerveillé. En vain il chercha à surprendre les stratagèmes auxquels avait recours le prestidigitateur, en vain il suivit chacun de ses gestes d'un regard attentif : il ne découvrit aucun de ses secrets.

Ah ! l'habile homme ! Il faisait apparaître et disparaître à volonté toutes sortes d'objets ; il devinait des cartes pensées ; il tirait d'un chapeau des cages où voletaient des oiseaux ; il faisait passer des pièces de 5 fr. dans un coffre fermé à clef. Que sais-je encore ? Cela tenait du prodige.

— Je donnerais beaucoup pour connaître la manière de réussir tous ces tours, se disait Marcel ; malheureusement, je n'y vois que du feu.

Et il revint tout pensif au château.

Le lendemain, sa petite cervelle travailla, travailla.
Il estimait que toute profession demande un appren-
tissage, et que ce qu'il n'avait pu comprendre, au
premier abord, il le comprendrait après l'avoir étudié.

— Vois-tu, disait-il à Toinon, vois-tu comme ce
serait amusant si nous pouvions, nous aussi, orga-
niser une séance de prestidigitation?

— Oui, mais nous ne pouvons pas.

— Peut-être. Ta grand'mère a invité plusieurs
personnes à venir demain dîner et passer la soirée
au château; d'ici-là je vais travailler et j'espère être
à même d'amuser tout le monde.

— Fort bien. Et si je peux t'aider....

— Je ne dis pas non. Nous verrons.

Marcel travailla, en effet. Il se livra dans sa
chambre à nombre de tentatives; puis, satisfait sans
doute des résultats qu'il avait obtenus, il déclara à
Toinon qu'il était sûr de lui.

— La séance aura lieu, dit-il, et je m'engage à
répéter plusieurs des expériences que nous avons
vues au théâtre. Je compte seulement sur toi pour
me procurer une demi-douzaine d'œufs.

— Oh! rien n'est plus facile.

— Bien. Quand je serai au moment de commencer

5

mes expériences, je te ferai un signe, et tu me les
apporteras.

— C'est entendu.

Le lendemain, lorsque, après le dîner, les hôtes de
bonne maman furent réunis au salon, Marcel alla
dans le vestibule, et choisit, parmi les chapeaux
arrachés aux patères, le plus neuf et le plus élégant.
Puis il rentra dans le salon et fit à Toinon le signe
convenu.

— Mesdames et messieurs, dit-il, je vous offre de
vous donner une séance de magie amusante.

La proposition fut acceptée. Marcel prit une petite
table, la plaça au milieu du salon, et, grave et solennel, y déposa le chapeau qu'il tenait à la main.

— Je vais, fit-il, commencer par le tour de l'omelette. Mademoiselle Toinon, ayez, je vous prie, l'obligeance de me procurer une demi-douzaine d'œufs.

Toinon, qui tenait les œufs tout prêts, les remit à
son ami.

Celui-ci les cassa et en versa consciencieusement
le contenu dans le chapeau.

— Vous voyez, mesdames et messieurs, que je ne
triche pas, dit-il. Du reste, si vous ne me croyez pas
sur parole, veuillez constater vous-mêmes que les six
œufs sont bien dans le chapeau.

Le couvre-chef circula de main en main, et tout le monde put vérifier l'assertion du prestidigitateur.

— Et vous allez transformer instantanément et devant nous cette marmelade en une omelette? demanda un jeune homme en riant.

— Oui, monsieur.

— Fort bien. Et ne manquez pas l'expérience; autrement le propriétaire du chapeau fera la grimace.

— Soyez tranquille.

Toinon avait les yeux fixés sur son camarade. Elle admirait son assurance et ne doutait pas qu'il ne réussît l'expérience.

Marcel prit une pose théâtrale.

— Regardez bien, mesdames et messieurs, dit-il avec emphase. Une, deux, trois! Ça y est!

Il avait agité le chapeau et n'avait oublié aucun des gestes cabalistiques qu'il avait vu faire en pareille circonstance au prestidigitateur qu'il avait la prétention d'imiter.

Hélas! ça n'y était pas du tout. Au lieu de l'omelette annoncée, il n'y avait au fond du chapeau que la marmelade liquide et gluante qu'il y avait versée.

Il recommença, mais sans plus de succès; et, à sa grande confusion, il dut s'avouer vaincu.

Le jeune homme qui avait interpellé Marcel riait à gorge déployée. L'enfant s'avança vers lui.

— Monsieur, lui dit-il, voici votre chapeau; je regrette de l'avoir mis dans un tel état.

Le rieur redevint subitement sérieux, et sa figure s'allongea démesurément.

— Oh! murmura-t-il, un chapeau tout neuf!

— Je vous assure que je ne l'ai pas fait exprès, déclara Marcel.

Ce fâcheux incident jeta un froid dans l'assemblée. Quoiqu'il n'eût pas une extrême gravité, il fut un sujet de gêne pour tout le monde. Mme Bouvet, surtout, était vivement contrariée de la bêtise que son fils avait commise. Le jeune homme au chapeau avait dit, par délicatesse, que l'aventure ne méritait pas que l'on s'y arrêtât et avait ajouté, en souriant, qu'il y avait d'autres couvre-chefs dans les magasins d'Orléans; cependant la mère du coupable éprouvait une confusion dont elle ne pouvait se défendre.

Elle renvoya Marcel du salon et lui ordonna de se retirer dans sa chambre. L'enfant se retira, la rougeur de la honte sur le visage et la conscience pleine de remords

Pendant un instant, il se promena de la fenêtre à son lit et de son lit à la fenêtre. Il réfléchissait, et

ses réflexions n'étaient point gaies. D'abord il comprenait qu'il s'était rendu la risée de tout le monde,
et son amour-propre souffrait cruellement de cette
circonstance. Demain, sans doute, sa mésaventure
circulerait de bouche en bouche ; heureux encore si
les journaux ne la racontaient pas. C'était déplorable. Puis il s'avouait qu'il avait, par sa légèreté,
causé un dommage à autrui. Peut-être le propriétaire du chapeau dégradé n'était-il pas riche, auquel
cas la dépense nécessitée par l'acquisition d'un autre
couvre-chef lui serait une cause d'ennui réel.

— Le pauvre jeune homme, se disait-il, est vraiment à plaindre. Rentrer chez lui avec un chapeau
tout gluant, ce n'est déjà pas agréable ; mais être
obligé d'en acheter un autre, c'est dur.

Il eut une idée. Puisqu'il avait fait le mal, il fallait qu'il le réparât ; or, il avait sa bourse d'économies : il la donnerait à sa victime. Oui, c'était là le
devoir ; et, quelque pénible qu'il fût, il le remplirait.
Tant pis pour lui s'il ne devait plus avoir le lendemain de quoi acheter du sucre d'orge.

Sans doute, ce projet faisait honneur à ses sentiments ; mais mieux aurait valu pour lui ne pas
avoir à fournir la preuve de son bon cœur et de son
désintéressement. S'il avait été moins imprudent, s'il

avait eu en lui moins de confiance, il n'eût pas été obligé de se résoudre à un sacrifice; il eût évité d'être ridicule aux yeux de tous ceux qui avaient assisté à l'expérience de l'omelette.

Sa résolution prise, il tira sa bourse de sa poche et l'ouvrit. Elle contenait 3 fr. 35 cent.

— Ah! 3 fr. 35 cent. seulement, pensa-t-il; j'ai bien peur que la somme ne soit insuffisante pour l'achat d'un chapeau. Mais c'est tout ce que je possède, et je ne puis offrir davantage.

Il jeta sur son argent, laborieusement amassé, des regards attristés. Se séparer de ce petit pécule lui était dur. Cependant il n'eut pas l'idée de revenir sur sa détermination.

Il quitta sa chambre et retourna au salon. Il en ouvrit timidement la porte, chercha des yeux le jeune homme au chapeau, et, dès qu'il l'eut aperçu, alla droit à lui.

— Monsieur, lui dit-il en lui tendant son argent, voici mes économies. Veuillez les accepter en dédommagement du tort involontaire que je vous ai causé. C'est peu de chose; mais ce sera assez, je l'espère, pour payer au moins les frais qu'entraîneront le nettoyage et la remise à neuf de votre chapeau.

— Non, mon ami, gardez votre argent, répondit

le jeune homme. Je vous sais gré de l'intention qui a
dicté votre démarche ; elle est louable et constitue
une réparation amplement suffisante du léger accident que vous a fait commettre votre étourderie.

Marcel n'insista pas ; mais il ajouta :

— Voulez-vous, au moins, monsieur, me donner
la main pour me prouver que vous ne m'en voulez
pas ?

— Certes, la voici.

Cette conclusion de l'affaire rasséréna Marcel, et
ce fut la conscience soulagée d'un grand poids qu'il
s'endormit quelques instants plus tard.

Le lendemain, personne ne parla de l'aventure.
Aussi bien, après la leçon qu'elle avait eue pour conséquence directe, les reproches étaient à peu près
inutiles. Puis la façon dont s'y était pris Marcel pour
se faire pardonner ses torts méritait une indulgence
que personne n'était disposé à lui marchander.

Pourtant il causa de sa déconvenue avec son amie
Toinon.

— Vois-tu, lui dit-il, il faut qu'il y ait eu quelque
chose là-dessous ; sinon, j'aurais certainement réussi.

— Mais quoi ?

— Eh ! je ne sais pas ; mais quelque chose. J'ai
agi absolument comme le prestidigitateur de l'autre

soir. Enfin, ce qui est fait est fait, et il n'y a pas à y
revenir. Du reste, parce que j'ai manqué un tour, ce
n'est pas une raison pour que je n'en exécute pas
d'autres avec succès.

— Est-ce que tu as l'intention de donner une
seconde séance?

— Certes. J'ai une revanche à prendre, et je la
prendrai.

Il travailla deux jours, puis il annonça à Toinon
qu'il était prêt.

— Cette fois, dit-il, la représentation sera donnée
dans la serre. Ce sera pour après-demain. D'ici-là,
nous convoquerons les enfants du voisinage, et,
pour me dédommager partiellement des frais que
j'aurai à encourir, chacun d'eux payera un sou
d'entrée.

— Et nos parents?

— Oh! nos parents, nous ne les inviterons pas.

— Et pourquoi?

— Parce qu'ils pourraient craindre des accidents
et empêcher la fête d'avoir lieu.

— Mais, au moins, es-tu bien certain qu'il n'arri-
vera rien de fâcheux?

— Absolument certain.

L'assurance de Marcel était telle, que Toinon fut

convaincue. Elle de son côté, lui du sien, firent
part aux enfants du voisinage du grand projet qui
allait se réaliser, et tous ceux à qui ils en parlèrent
promirent d'assister à la séance et d'en garder le
secret.

Au jour et à l'heure fixés, tout le monde fut exact
au rendez-vous. Il vint onze garçons et deux petites
filles. Chacun donna son sou en entrant dans la
serre.

— Treize, c'est un mauvais nombre, dit Toinon à
Marcel.

— Serais-tu superstitieuse?

— Non, mais enfin....

— Du reste, nous sommes quinze, et non pas
treize.

— Quinze, en nous comptant.

— Mais il me semble que nous comptons.

Sur la demande de Marcel, Toinon avait pris dans
la cuisine le mortier et le pilon dont Suzon avait
coutume de se servir pour piler le sucre; de son
côté, Marcel s'était emparé de la montre de sa mère.

— Mesdemoiselles et messieurs, commença-t-il,
j'ai l'intention d'exécuter devant vous deux tours
merveilleux : le premier consiste à briser une montre
en mille morceaux et à la faire ensuite reparaître

intacte ; le second consiste à avaler un sabre sans se blesser.

Le programme, on le voit, était court, mais attrayant.

— Quelqu'un veut-il avoir l'obligeance de me confier une montre? demanda Marcel.

Personne ne répondit.

— Puisqu'aucun de vous ne peut m'en prêter une, continua le jeune prestidigitateur, je me servirai de la mienne.

Il tira de sa poche la montre de sa mère et la fit voir aux assistants; puis, quand chacun se fut assuré qu'elle était en excellente condition et marchait parfaitement, il la déposa dans le mortier et s'empara du pilon.

Il l'écrasa consciencieusement.

— Vous voyez que la montre est bien en morceaux, dit-il, l'acte de destruction terminé.

— Oh! oui, il n'y a pas d'erreur, répondit un des assistants.

— Maintenant, poursuivit Marcel, sur mon simple commandement, elle va reprendre sa forme première et marcher tout aussi bien que si elle était restée tranquillement dans ma poche.

Les spectateurs ne perdaient ni une parole ni un

geste du prestidigitateur. Leur curiosité était excitée au plus haut degré, et ils suivaient ses mouvements le cou tendu, attentifs et silencieux.

Marcel recouvrit le mortier de son mouchoir, étendit la main et prononça quelques paroles cabalistiques ; puis il enleva le mouchoir et regarda....

Horreur ! la montre restait brisée en mille morceaux !

Les assistants éclatèrent de rire. Ils étaient à l'âge où l'on est sans pitié.

— Passez à la seconde expérience, cria quelqu'un, et tâchez de la mieux réussir que la première.

Troublé et honteux, Marcel s'efforça de reprendre son sang-froid ; mais il n'y réussit que très incomplètement.

— C'est que.... je n'ai pas de sabre, balbutia-t-il.

— Qu'à cela ne tienne, répondit un membre de l'assemblée ; voici un couteau-poignard.

Et il tendit au pseudo-magicien un long coutelas, dont la lame, fraîchement aiguisée, eût tranché d'un coup une gorge humaine.

Marcel se trouvait face à face avec une perspective fort peu attrayante ; mais il avait contracté des engagements et il n'osa pas reculer.

— Si tu n'es pas sûr de toi, lui dit tout bas

Toinon, ne continue pas la séance; mieux vaut en
rester là que risquer de te blesser.

Il ne répondit pas, et, quoique son assurance
habituelle l'eût un peu abandonné, il se mit en devoir
de procéder à l'exécution de la seconde partie de son
programme.

Il prit le coutelas. Sa main tremblait légèrement,
mais personne ne s'en aperçut. Il pencha la tête en
arrière, ouvrit la bouche et y introduisit la pointe de
la lame d'acier.

Mais soudain il poussa un cri de douleur et laissa
tomber le coutelas. Il s'était fait à la gorge une
blessure d'où le sang s'échappait.

Des exclamations s'élevèrent dans l'assistance :
Assez ! — Vous n'êtes qu'un prestidigitateur manqué !
— Vous vous moquez de nous ! — Rendez l'argent !

Marcel dut restituer les 13 sous de recette, et ses
invités s'en allèrent en plaisantant à ses dépens.

Il gagna sa chambre, où Toinon l'accompagna
pour le consoler. Il souffrait fort de sa blessure, et
nourrissait les plus graves inquiétudes sur les conséquences de ses exploits.

— Décidément, pensait-il, tout n'est pas rose
dans le métier de prestidigitateur. J'ai la gorge dans
un état épouvantable; et je puis m'attendre à tout, si

l'on découvre l'usage que j'ai fait de la montre de maman.

Les craintes de Marcel étaient, hélas! justifiées. Simon, ayant trouvé dans la serre le mortier et les fragments de métal, de porcelaine et de verre qu'il contenait, porta le tout à bonne maman, qui, au dîner, exhiba le corps du délit et demanda des explications à Marcel et à Toinon.

Les deux enfants baissèrent la tête.

— Ces débris, dit bonne maman, ressemblent fort à ceux d'une montre.

— Oui, murmura Marcel, c'est la montre de maman.

— Ma montre! s'écria Mme Bouvet.

— Je l'avais prise pour faire une expérience, et cette expérience n'a pas réussi.

Sa confession commencée, il l'acheva en racontant dans ses moindres détails ce qui s'était passé. Si sa faute était grave, sa franchise fut absolue. Malheureusement cette franchise ne réparait rien.

Il eut une punition sévère, et Toinon fut vertement réprimandée pour avoir prêté la main aux projets de son camarade, et pour avoir été dans toute l'aventure de connivence avec lui.

C'était justice.

V.

Une vente de charité.

Après l'orage vient le beau temps, dit-on. A la
période accidentée des jours de prestidigitation suc-
céda une période de calme. Marcel semblait avoir
compris qu'il devait se méfier des fantaisies de son
imagination; Toinon semblait avoir mis de côté sa
fierté. Ils étaient maintenant raisonnables l'un et
l'autre, et leurs parents se plaisaient à espérer qu'ils
ne retomberaient plus dans les fautes que com-
mettent inévitablement les enfants, lorsqu'ils croient
tout savoir et ne prennent conseil de personne.

Du reste, on avait au château du travail par-dessus

la tête. On se préparait à une vente de charité organisée par M. le maire du village voisin, et à laquelle
toutes les dames de la région avaient été priées de
donner leur concours. Il s'agissait de réunir de l'argent pour venir en aide à trois enfants devenus
récemment orphelins et qui n'avaient ni pain pour
manger ni lit pour dormir.

La situation des bénéficiaires de la vente était si
intéressante, et les souvenirs qu'avaient laissés leurs
parents étaient si bons, que tout le monde s'était
fait un devoir de coopérer au succès de l'entreprise.
Déjà trois salles de la mairie étaient pleines d'objets
de toutes sortes, gracieusement offerts.

Au château, on était occupé du matin au soir à
confectionner des objets divers destinés à l'œuvre de
M. le maire. Depuis bonne maman jusqu'à la cuisinière, tout le monde tirait l'aiguille. On prenait à
peine le temps de manger. M. Bassilan lui-même
façonnait des bibelots.

Toinon s'était chargée de la confection d'un ouvrage
au crochet. Quant à Marcel, il était constamment en
courses pour aller chercher quelque étoffe dont les
dames avaient besoin, des rubans, du fil, et tous les
« et cætera » possibles et impossibles. Ses services
étaient particulièrement précieux, car on était pressé

par le temps ; et comme, pénétré de l'importance de
ses fonctions, il s'en acquittait ponctuellement, sans
flâner en route et sans commettre de bévue, on le
récompensait de son zèle en lui accordant toutes les
douceurs et toutes les faveurs qu'il désirait. En trois
jours, il s'était fait donner 2 fr. et dix billets de
tombola. Or, la tombola promettait d'être aussi
brillante que la vente elle-même, et l'on signalait
déjà plusieurs lots d'une grande valeur, entre autres
un orgue de Barbarie qui excitait considérablement
la convoitise de Marcel.

— Si je le gagne, se disait-il, cela me dispensera
d'apprendre le piano ; au lieu de me donner toutes
les peines du monde pour exécuter un morceau, je
n'aurai qu'à tourner la manivelle ; je ne ferai pas de
fausses notes, et tout le monde sera content.

Le premier jour de la vente arrivé, bonne maman,
Mme Bassilan et Mme Bouvet firent grande toilette ;
Toinon revêtit une robe bleu de ciel, et Marcel mit
un habit de velours. Pour la circonstance, M. Bassilan avait endossé la redingote noire et le chapeau
haut de forme.

On se rendit à la mairie en voiture, et le passage
des « gens du château » ne manqua pas de produire
son effet dans le village.

Durant toute l'après-midi, ce fut, dans les salles du bâtiment municipal, un interminable défilé de belles dames et de messieurs élégants. Tout marcì comme sur des roulettes; Marcel, pour sa part, fit des prouesses; on avait fixé une rose à sa boutonnière, et on l'avait chargé de vendre, à raison de 50 centimes chacun, des cigares achetés un sou au bureau de tabac. Il en vendit plus de quarante; aussi reçut-il les félicitations des dames du comité.

Le soin et l'attention qu'il apportait à son petit commerce ne l'absorbèrent du reste pas au point de l'empêcher d'observer ce qui se passait et de s'en amuser. Il y avait, entre autres personnes, dans la salle où étaient installés les comptoirs de vente, un jeune homme vêtu à la dernière mode qui le divertissait fort. Il semait l'or à tort et à travers, s'arrêtait à tous les étalages, achetait tout ce que les dames lui proposaient. Il avait payé à Toinon 10 fr. pour une rose. Dès qu'il approchait, on lui souriait et on lui cotait un objet quelconque vingt ou trente fois sa valeur; et quand il avait le dos tourné, on se moquait de lui. Après un séjour de moins d'une heure, il était à la tête de vingt-sept billets de tombola, trois cigares, neuf boîtes d'allumettes, quatre pelotes à épingles, une soupière, un fer à friser, trois paires

6

de jarretières, une boîte de poudre de riz, et divers autres articles non moins utiles.

Le second et dernier jour de la vente ne fut pas moins brillant que le premier. M. le préfet vint avec Mme la préfète; ils furent reçus avec tous les honneurs dus à leur rang; ils parcoururent les salles, s'arrêtèrent à quelques comptoirs, achetèrent divers objets. Décidément le succès dépassait toutes les espérances, et les orphelins au profit desquels la vente avait été organisée seraient pour longtemps à l'abri du besoin.

Il n'y eut pas l'ombre d'un reproche à adresser, pendant toute l'après-midi, à Toinon et à Marcel; leur conduite, à tous les deux, fut exemplaire. Ils étaient doux, modestes, aimables.

Le soir venu, Marcel commença à trouver le temps long. On allait bientôt tirer la fameuse tombola dont faisait partie l'orgue de Barbarie, et notre ami était dans une impatience fébrile.

Pour tromper la durée des minutes qui le séparaient encore du moment décisif, il voulut plaisanter un peu. Il s'approcha d'un groupe de jeunes filles où se trouvait Toinon, et dit :

— Qui désire voir mon diable?

Il tenait à la main une de ces boîtes d'où sort, dès

qu'on en ouvre le couvercle, un bonhomme à la tête
et au costume étranges.

— Moi, moi, répondirent simultanément plusieurs
des demoiselles.

Marcel pressa un ressort, et la boîte s'ouvrit ;
mais, au lieu du diable annoncé et attendu, ce fut
une petite souris qui apparut.

Les jeunes filles poussèrent des cris et prirent
précipitamment la fuite dans toutes les directions.
Marcel éclata de rire; mais soudain un bruit formidable se produisit derrière lui. Il se retourna et regarda ;
quelques-unes des demoiselles avaient, dans leur
élan irréfléchi, renversé une table sur laquelle était
déposée une lampe allumée.

En tombant, la lampe s'était brisée; l'huile de
naphte qu'elle contenait s'était répandue sur le parquet et brûlait avec des flammes énormes. Pour
comble de malheur, divers objets qui étaient sur la
table avaient pris feu.

On cria, on se précipita vers les portes, on se
bouscula; ce fut une véritable panique. Quant à
éteindre le commencement d'incendie, personne
n'eut assez de présence d'esprit pour y songer. On
avait tellement hâte de se soustraire au danger, que
l'on s'écrasait aux issues de la salle; il y eut des

blessés, et ce fut un miracle s'il n'y eut pas de mort. Le jeune homme qui avait acheté vingt-sept billets de tombola et un assortiment d'objets variés se cassa une jambe en sautant, pour s'esquiver plus vite, par-dessus la balustrade de l'escalier.

Les Bassilan, grand'maman, Mme Bouvet et son fils en furent quittes pour la peur; toutefois ces dames durent faire leur deuil de leurs robes, qu'elles met-taient pour la première fois; songer à les réparer était inutile : elles étaient abominablement déchi-rées.

Quant à l'argent qui se trouvait dans les comptoirs, suivant l'expression de Marcel, « il périt dans les flammes, » le feu s'étant propagé avec une telle vitesse, qu'on n'avait pas pu le sauver. Toute la recette de la journée fut perdue.

De plus, quoique les pompiers fussent accourus à la première alarme et eussent manœuvré avec une rapidité et une adresse dignes de tous les éloges, ils n'avaient pu se rendre maîtres de l'incendie avant qu'il eût dévoré la totalité de l'ameublement de la salle où il s'était déclaré, les panneaux, les tentures et les boiseries. Les dégâts furent, le lendemain, estimés à la somme de 8,000 fr.

—Et tout cela, pensait Marcel, par la stupidité

de quelques petites filles qui ont eu peur d'une souris !

Malheureusement, tandis qu'il rejetait sur autrui la responsabilité du malheur qui était arrivé, il n'y avait qu'une voix pour l'accuser d'en être la cause. Cause involontaire, sans doute; mais, comme dit le proverbe, l'enfer est pavé de bonnes intentions. En

Les pompiers n'avaient pu se rendre maîtres de l'incendie....

réalité, Marcel avait voulu seulement rire un brin ; mais il avait eu le tort d'agir sans réflexion et sans discernement, de ne pas réfléchir, avant d'ouvrir sa boîte, que la vue inattendue d'une souris pouvait effrayer et causer des désordres, sinon un malheur.

Il ne faut jamais l'oublier, les petites causes ont souvent de grands effets. Voulez-vous, à ce sujet ,

que j'ouvre une parenthèse pour vous conter une
page d'histoire? La parenthèse sera peut-être un peu
longue, mais l'histoire est curieuse. La voici :

C'était en 1797. Les Français s'avançaient dans
l'Italie, marquant chacune de leurs étapes par une
conquête ou par un triomphe. Gênes, toujours tur-
bulente, pour ne pas mentir à ses traditions, se
trouvait divisée en deux camps : les partisans des
vainqueurs et des idées nouvelles, les défenseurs des
vaincus et des anciens gouvernements.

Depuis quinze jours, les jeunes gens des plus
nobles familles s'assemblaient, dans l'après-midi,
sur la place de l'Acqua-Sola, près des remparts, hors
de la ville, et y jouaient aux barres. Ils avaient
annoncé, pour le 17 mai, une grande partie à laquelle
devaient prendre part plusieurs Français.

Bientôt le bruit se répandit dans la population que,
sous prétexte de jouer, ces jeunes gens voulaient
simuler, entre le parti républicain et le parti royaliste,
une lutte dont le résultat serait le triomphe de ce
dernier et le couronnement de son chef.

Que le projet existât réellement ou qu'il n'existât
pas, beaucoup y crurent ; et une troupe de républi-
cains se réunit dans l'intention d'empêcher la partie
de barres d'avoir lieu. Ils s'arment de sabres, de

pistolets et de fusils de chasse, et se rendent les premiers à l'Acqua-Sola ; ils occupent l'emplacement du jeu de barres et y organisent une partie de ballon.

Bientôt les acteurs du jeu de barres arrivent ; et bien que le terrain ne soit pas libre, ils veulent établir les camps. Ils étendent d'un côté un ruban bleu, de l'autre un ruban rouge, et plantent des drapeaux de mêmes couleurs. Les joueurs de ballon se précipitent sur eux, enlèvent les rubans, arrachent les drapeaux, et l'on se bat.

Les joueurs de barres, encore en petit nombre, jugent les chances inégales et se sauvent par la porte de l'Acqua-Sola. Les autres les poursuivent. La garde de la porte s'oppose au passage des agresseurs ; ils veulent la forcer, blessent mortellement un soldat, et pénètrent dans la ville. Deux d'entre eux sont arrêtés et conduits en prison ; les autres, craignant le même sort, quittent Gênes.

Le lendemain, des groupes se formèrent, menaçants ; des bandes de gens armés sillonnèrent les rues, criant : « Vive notre prince ! Mort aux Français ! »

Une insurrection se préparait ; elle éclata bientôt, formidable. Pendant plusieurs jours, le sang coula dans la ville ; les révoltés tuèrent un grand nombre de Français, en emprisonnèrent d'autres, et tentèrent de s'emparer de notre ministre plénipotentiaire Faypoult de Maisoncelle.

Instruit de ces événements, Bonaparte envoya à Gênes un corps de douze mille hommes et adressa au Sénat génois une lettre par laquelle il exigeait, à titre de réparation, la liberté immédiate des Français incarcérés, l'arrestation de ceux qui avaient excité le peuple contre la France, et le désarmement de la population.

Le Sénat s'empressa de souscrire à ces conditions ; il alla même plus loin : il demanda au conquérant une constitution démocratique. Quelques jours plus tard — 14 juin 1797 — la République ligurienne était décrétée.

Et c'est ainsi qu'une partie de barres a été l'origine d'une révolution.

Revenons maintenant à Marcel et à Toinon. Après avoir accusé autrui, Marcel en était vite arrivé à reconnaître que le coupable, c'était lui.

— Je suis désolé, disait-il à Toinon. Toutes les fois que je crois avoir une idée originale et que je veux la mettre en pratique, il en résulte quelque accident. Aussi, c'est bien fini : à l'avenir, je prétends agir comme tout le monde.

— Le fait est, répondit Toinon, que c'est encore

le plus sage. De cette façon, on ne risque pas de

Il arriva sans accident à Orléans.

tomber dans des pièges dont on ne soupçonnait pas l'existence. .

— C'est égal, je n'ai pas de chance, conviens-en. J'avais espéré gagner l'orgue de Barbarie au tirage de la tombola; rien. Je veux faire rire des demoiselles, je provoque un incendie. C'est vraiment déplorable, et il faut que je sois né sous une mauvaise étoile. Encore dois-je, à ce que l'on prétend, m'estimer heureux que l'on ne réclame pas à maman les 8,000 fr. que coûteront les réparations de la mairie. Hélas! hélas! ma pauvre Toinon, la vie est bien triste.

M. Bassilan voulut que M. de Charly (c'était le nom du jeune homme qui s'était cassé la jambe) fût soigné au château. Le blessé y fut transporté sur une civière; on déploya pour lui autant de sollicitude que s'il eût été de la famille.

Marcel s'efforça de faire oublier ses torts en s'installant fréquemment au chevet du malade, en lui faisant la lecture et en se chargeant de ses commissions. De plus, Toinon apportait souvent au pauvre invalide quelque friandise préparée par Suzon à son intention.

Le docteur que l'on avait fait appeler avait donné l'assurance qu'au bout de dix jours M. de Charly serait en état d'être transporté sans danger à Orléans, où il habitait.

Dix jours, c'était plus que Mme Bouvet et Marcel

ne devaient rester au château ; mais ils ne voulurent pas partir avant ce délai.

Le dixième jour, en effet, on mit le blessé dans une voiture, et, moyennant des précautions, il arriva sans accident à Orléans. La guérison ne demandait plus, pour être complète, que de la prudence et du repos, et le médecin garantissait qu'il ne resterait aucune trace de l'accident.

Alors, et alors seulement, Mme Bouvet et Marcel firent leurs adieux aux hôtes du château et retournèrent à Paris.

VI.

Une chasse au braconnier.

Un matin, de très bonne heure, M. Bassilan se promenait dans le parc. Un peu avant d'arriver à un petit pont jeté sur un ruisseau qui serpentait à une centaine de pas du château, il aperçut deux lapins morts, déposés dans une allée.

— Ah! ah! se dit-il, il paraît que messieurs les braconniers ont beau jeu avec Matthieu.

Matthieu était à la fois le garde-chasse et le cocher de bonne maman.

M. Bassilan ramassa les deux lapins, et il allait se rendre à la maisonnette que Matthieu habitait, lorsqu'il aperçut Antoine, le fils d'un des fermiers du château.

— Eh ! Antoine ! cria-t-il.

— Monsieur.

— Qu'est-ce que c'est que cela ?

— Ça..., c'est deux lapins.

— Oui, mais qui les a mis là ?

— Ah ! pour ça, monsieur, je n'en sais rien. Je suppose seulement qu'ils ne se sont pas fait prendre de leur bon gré et qu'ils n'ont pas passé eux-mêmes à leur cou la cravate qu'ils portent.

Tout en parlant, le paysan avait détaché du cou de chaque lapin un de ces collets de laiton que les braconniers tendent près des terriers.

— Va me chercher Matthieu, ordonna M. Bassilan.

Et, en attendant l'arrivée du cocher garde-chasse, il interrogea le terrain, espérant y découvrir quelque trace du délinquant, quelque objet lui appartenant et pouvant servir à le retrouver.

Il cherchait encore en pure perte quand Matthieu arriva.

— Monsieur, dit-il en montrant les lapins, voyez comme la chasse de ma mère est bien gardée ; on vient détruire le gibier jusque dans le parc, presque sous les fenêtres du château.

En présence des victimes de son manque de surveillance, le pauvre homme baissa la tête. Il se
sentait fautif, et, troublé, il ne put balbutier une
seule parole de justification ; le rouge de la honte
lui était monté au visage, et il sentait que ses jambes
allaient fléchir sous lui.

C'est que Matthieu était un de ces vieux serviteurs,
si rares aujourd'hui, qui font de leur devoir une
affaire d'honneur avec laquelle on ne transige pas. A
soixante-cinq ans, il se trouvait encore vert ; mais
son énergie et son courage le trompaient. En réalité,
il était fatigué, usé, à bout de forces, et ce n'était
que grâce à une indomptable volonté qu'il pouvait
encore remplir sa double tâche de cocher et de
garde-chasse. S'il ne reculait pas devant une nuit
passée à la belle étoile, exposé à la pluie ou à la gelée,
il payait sa témérité le lendemain : en conduisant la
voiture de bonne maman, il s'endormait sur son
siège.

Le père Matthieu voyait avec douleur arriver le
moment où il lui faudrait renoncer à travailler ; il se
raidissait contre la nature ; mais il était évident que
sa vigueur avait disparu. Bonne maman ne se faisait
aucune illusion au sujet de son fidèle serviteur ; déjà
elle avait parlé de lui donner sa retraite.

La retraite !. . Pour le père Matthieu cette perspective était une menace qui lui tombait sur le cœur
comme une pointe de fer. Ah ! si, du moins, il avait
eu un fils pour lui succéder ! Mais il n'avait qu'un
enfant, et cet enfant était une fille — une jolie fille,
du reste, au teint mat, aux yeux brillants et aux
cheveux noirs, grande et svelte, et point bête du tout.
Elle s'appelait Marianne et avait dix-neuf ans. Or,
abandonner à un étranger la place dont il était titu-
laire depuis trente-cinq ans, cela semblait dur au
vieillard.

— Enfin, dit M. Bassilan, que pensez-vous de ce
qui arrive ?

— Monsieur...., murmura Matthieu.

Il ne put ajouter une parole ; ses genoux tremblaient, et de grosses gouttes de sueur perlaient sur
son front.

Quelle colère ne serait tombée devant une telle
émotion ? M. Bassilan comprit que l'humiliation du
vieux serviteur était une punition assez forte et que
ses reproches devenaient superflus.

— Allons, Matthieu, dit-il en souriant, essuyez
votre front et ne tremblez pas ainsi. Que diable,
pour deux lapins vous ne serez pas pendu. Je sais
bien que vous ne pouvez être partout en même

temps ; et puis, tout n'est pas perdu parce que l'on s'est laissé surprendre une fois par l'ennemi.

— Surtout par un ennemi désintéressé, qui abandonne son butin, remarqua Antoine.

— Allons, Matthieu, conclut M. Bassilan, prenez vite votre revanche.

Et il s'éloigna.

Le cocher-garde restait muet, les yeux fixés vers la terre.

— Eh bien ! père Matthieu, à quoi pensez-vous ? lui demanda Antoine.

— Je pense.... je pense que ce ne peut être que le garçon à Maréchal qui a fait le coup. C'est un pas grand'chose. Je l'ai vu plusieurs fois rôder autour du saut-de-loup.

— Savez-vous ce que je ferais, moi, si j'étais à votre place ?

— Eh bien ! qu'est-ce que tu ferais ?

— Ni une ni deux. Il a pris vos lapins au collet, je mettrais la main sur le sien. Et v'lan ! chez M. le maire, et devant M. le juge, et en prison. Voilà.

Matthieu hocha la tête.

— Mon garçon, fit-il, tu es un bon enfant....

— Oh ! pour ça, oui.

— Mais tu n'es pas malin.

— Vous dites ?

— Je dis et je répète que tu n'es pas malin. Tu t'entends à être garde-chasse comme je m'entendrais, moi, à être notaire. Tiens, porte les deux lapins à ta mère et laisse-moi faire une tournée.

Maître Antoine demeura interdit. Il regarda le bonhomme s'en aller d'un pas lent ; puis, quand il crut avoir deviné l'endroit où il se dirigeait, il prit les lapins et retourna à la ferme.

Le père Matthieu avait son idée sur le braconnier et sur le lieu où il avait dû tendre ses pièges au gibier. Le parc était presque entièrement entouré de murs ; à l'ouest, seulement, il y avait une solution de continuité dans la clôture ; là, un fossé large et profond, appelé le saut-de-loup, défendait seul le domaine contre l'intrusion des maraudeurs.

C'est au saut-de-loup que le garde avait vu rôder le garçon à Maréchal ; c'est là qu'il porta ses investigations. Il passa une demi-heure dans les plus minutieuses recherches ; mais, ne découvrant aucune trace d'escalade, il se rabattit sur un petit taillis fort touffu où bon nombre de lapins avaient établi leurs terriers.

A peine y était-il entré, qu'il aperçut un homme dans le fourré.

7

— Halte là ! lui cria-t-il.

Et, retrouvant pour la circonstance son agilité d'autrefois, il s'élança vers l'intrus et le saisit par sa veste.

— Eh ! père Matthieu, allez-y plus doucement, je vous prie, dit l'homme.

— Que viens-tu faire ici? s'écria le garde, tout désappointé.

Il venait de reconnaître Antoine.

— Je viens vous dire que vous m'avez molesté tout à l'heure, et que ce n'est pas gentil de votre part.

— Eh bien ! mon garçon, à la bonne heure ! tu prends le temps de réfléchir avant de faire des reproches.

— Vous m'avez traité comme si j'étais un rien du tout, et vous avez eu tort. Je suis votre ami, père Matthieu, à preuve que je cherche à vous aider et que je travaille pour vous. Si je ne trouve pas le braconnier, ce ne sera pas ma faute, allez.

— Et je te remercie de la peine que tu prends pour moi. Du reste, je sais bien qu'au fond tu as bon cœur. Si je t'ai causé de la peine, faut pas m'en vouloir. Là, sans rancune, n'est-ce pas ?

— Oh ! oui, tout à fait sans rancune.

— Bien. Maintenant examinons ensemble le terrain.

Ils passèrent les branches d'arbres en revue, regardèrent dans l'herbe s'il n'y avait point de traces de pas.

Soudain Antoine appela le père Matthieu. Il tenait à la main un collet qu'il venait de trouver tendu. Le garde s'en saisit.

— Bon ! s'écria-t-il tout radieux. En voilà assez; j'ai mon plan. Demain je tiendrai mon homme.

La nuit suivante, il vint s'installer, dès deux heures du matin, dans le fourré. Pendant toute la seconde partie de la nuit, il attendit le braconnier, prêt à mettre la main sur lui; mais il ne vit personne et n'entendit aucun bruit.

Vers sept heures, lorsque M. Bassilan descendit dans le parc, le hasard voulut qu'il trouvât, non plus deux, mais trois lapins morts, le cou encore serré dans le collet. On comprend sa colère.

Il alla à la maisonnette où logeait le père Matthieu. Celui-ci venait à peine de rentrer, et sa figure tirée indiquait combien il était fatigué. M. Bassilan comprit que le pauvre serviteur avait passé la nuit à l'affût, et il se sentit désarmé.

— Il faut que ce soit une gageure, Matthieu, lui

dit-il. Sûrement vous avez un ennemi, et cet ennemi vous brave. Regardez.

Et M. Bassilan exhiba les trois lapins.

— Ce n'est évidemment pas par intérêt que le gredin braconne, continua-t-il ; autrement il ne laisserait pas sa chasse sur l'herbe. Savez-vous ce que cela signifie et ce que je vois fort clairement ?

— Cela signifie que quelqu'un cherche à faire le malin à mes dépens ; mais ce n'est pas à un vieux singe que l'on apprend à faire des grimaces. Je le pincerai, ce quelqu'un.

— Eh bien ! à mon avis, cela signifie que vous êtes trop âgé pour le métier de garde ; et peut-être que si on vous le prouve de façon si éloquente, c'est que l'on convoite votre place et que l'on veut montrer que l'on en est digne.

— Oh ! monsieur, il est cruel de s'entendre parler de la sorte. Est-ce que, depuis plus de trente ans, je ne sers pas madame votre mère avec dévouement ?

— Avec dévouement, je le reconnais ?

— Avec fidélité ?

— Sans doute.

— Avec honneur ?

— D'accord.

— Avec zèle ?

— Parfaitement. Avec toutes ces qualités et avec d'autres encore. Rien n'est plus vrai. Mais convenez, mon brave Matthieu, convenez de votre côté que nous avons besoin d'un garde qui tienne les braconniers à distance, et que cette besogne est devenue trop rude pour vous. Il est temps que vous vous reposiez, que vous cédiez la place à un homme jeune, alerte et vigoureux. Aussi j'ai décidé, d'accord avec ma mère, que vous prendriez vos invalides. Vous irez loger, avec votre famille, dans le pavillon voisin de l'étang, et vous y vivrez tranquillement.

— Oh! monsieur!... fit le vieillard suppliant.

— Le potager vous fournira de légumes et de fruits.

— Monsieur!...

— Vous prendrez dans la basse-cour des œufs, des poulets et des canards.

— De grâce....

— Vos appointements vous seront continués.

— Serez-vous sans pitié pour un vieux serviteur?

— Vous pourrez tuer quelques lapins dans le parc.

— C'est ma mort que vous voulez.

— Matthieu, vous êtes donc insatiable? Que vous faut-il de plus?

— Monsieur, je ne vous demande rien de ce que vous m'offrez. Je ne désire qu'une chose, rester ce que je suis.

— Eh bien! finissons-en. Je vous donne trois jours pour arrêter votre braconnier; si vous y réussissez, vous continuerez à exercer vos fonctions; sinon, vous serez retraité à perpétuité.

— Si seulement j'avais un fils, je lui céderais bien volontiers ma place. Mais la laisser à un étranger!.... Ah! monsieur....

— J'ai dit mon dernier mot. Et pour vous prouver à quel point je désire vous être agréable, je consens à faire le guet avec vous cette nuit.

Antoine venait de rejoindre Matthieu et M. Bassilan. Celui-ci lui ordonna d'aider le vieillard à choisir les postes d'observation.

L'heure venue, M. Bassilan, chaudement couvert et armé de son meilleur fusil, se rendit à la cachette préparée pour lui. Elle était distante d'une centaine de pas de celle qu'occupait le père Matthieu.

Le garde était tout yeux et tout oreilles. Au moindre vent qui glissait en sifflant dans le feuillage, il dressait la tête; si un lapin venait à sauter dans le fourré, il s'apprêtait à s'élancer. Tout lui semblait braconnier.

Quant à M. Bassilan, il avait commencé par s'asseoir le plus commodément possible ; puis, fatigué
de sa position, il s'était relevé, pour s'asseoir de
nouveau et se relever encore, sans oser faire un pas,
de peur de se découvrir ou de troubler le profond
silence de la nuit. Malgré toutes ses précautions
hygiéniques, l'air était si frais et la rosée si abon-
dante, que, son immobilité aidant, le froid le gagnait
et l'humidité pénétrait ses vêtements. Ces désagré-
ments de sa position et les réflexions auxquelles il
se livra concoururent à un même résultat : — Le
métier de garde, se dit-il, est beaucoup trop dur pour
Matthieu.

Il en était arrivé à cette conclusion, lorsqu'un
léger bruit vint éveiller son attention. La nuit était
encore assez épaisse pour qu'il fût impossible de
distinguer un homme à quinze pas ; pourtant M. Bassilan crut en apercevoir un à cette distance. Après
quelques instants d'observation, il fut assez certain
de ne point se tromper pour sortir de sa cachette. Il
avança à pas de loup, retenant son souffle, se dissi-
mulant de son mieux derrière les arbres, s'arrêtant
le corps plié en deux pour écouter et regarder.

Mais quand il eut ainsi arpenté une douzaine de
mètres, il reconnut que son homme était en réalité

une grosse branche. Tout honteux de sa méprise et grommelant contre lui-même, il reprit avec les mêmes précautions le chemin de son poste.

Il n'avait pas fait six pas, qu'un nouveau bruit vint frapper son oreille. Il s'arrêta pour écouter encore. Cette fois, il n'y avait pas à en douter, il ne s'abusait point : c'était bien le pas d'un homme qu'il entendait. Le bruit cessait et recommençait à intervalles inégaux. Évidemment l'homme — le braconnier — faisait de fréquentes haltes pour écouter aussi. Collé contre un gros chêne, M. Bassilan était immobile.

Enfin il distingua la forme de l'homme ; celui-ci se tenait à dix pas, courbé et immobile, près d'une touffe d'aubépine. Bientôt il se remit en marche. Le moment d'agir était venu : M. Bassilan s'élança ; mais, au lieu de chercher à fuir, l'homme attendit de pied ferme celui qui le poursuivait.

Une lutte s'engagea entre eux, violente, terrible ; mais M. Bassilan ne tarda pas à avoir le dessus. Il avait terrassé son adversaire et avait posé son genou droit sur sa poitrine. Toutefois, par prudence, il crut devoir appeler à l'aide.

— Matthieu, cria-t-il, à moi ! Je le tiens.

— Mais, monsieur, c'est moi que vous tenez. Lâchez-moi, j'étouffe.

— Comment! c'est vous? fit M. Bassilan, reconnaissant la voix du garde.

— Hélas!

Le malheureux serviteur était à bout de forces et à moitié suffoqué. Son maître l'aida à se relever.

— Comment, diable! vous trouviez-vous là? demanda-t-il.

— Sauf votre respect, monsieur, c'est la question que j'allais vous faire.

— Je ne vous ai pas blessé, au moins? Tenez, prenez un peu de ce rhum pour vous remettre.

M. Bassilan tendit sa gourde à Matthieu, qui y porta ses lèvres.

— Allons, je crois qu'il y a un peu de ma faute dans ce qui vient de nous arriver. Retournons chacun à notre poste; le jour ne paraîtra pas avant une heure, et d'ici-là on ne sait pas ce qui peut se produire.

Hélas! l'heure s'écoula, l'aurore se leva, et rien ne se produisit.

Ou plutôt, si, quelque chose se produisit; mais ni M. Bassilan ni Matthieu ne s'en aperçurent. Un homme — le braconnier sans doute — se glissa, à cinquante mètres environ des factionnaires, dans un bosquet où il disparut. Il marchait si légèrement,

qu'il était impossible d'entendre le bruit de ses pas.
Bientôt il repartit du bosquet et se glissa le long des
arbres et des massifs. A coup sûr, ce rôdeur de
nuit était instruit de la surveillance exercée au saut-
de-loup, car il évita de passer près de l'emplacement et fit même un long détour pour ne le point
approcher.

La nuit pâlit, le jour parut. Matthieu était désolé :
il n'avait plus que deux nuits pour découvrir son
maudit braconnier, et le pavillon voisin de l'étang
lui apparaissait comme un fantôme menaçant.

Tout à coup, la détonation d'un fusil lui fit faire
un soubresaut. A la direction du bruit, il jugea que
c'était M. Bassilan qui avait tiré, et il s'élança de
son côté.

Il ne se trompait pas; M. Bassilan, son fusil
déchargé à la main, cherchait dans le fourré.

— Venez, Matthieu, venez. J'ai visé juste, et il ne
peut être loin.

Le vieillard sentit ses jambes trembler. La crainte
de découvrir un cadavre lui enlevait tout sang-froid.

— Oh ! mon Dieu, pensait-il, il l'aura tué....
C'est son droit, mais c'est triste tout de même.

— Je l'ai tiré là, à vingt pas tout au plus. Il a fait
une pirouette et il doit être dans un joli état. Je vous

assure qu'un chasseur de profession..... Tenez, le voilà ! Regardez.

Mais Matthieu n'osait regarder.

M. Bassilan insista.

— Mais regardez donc! dit-il.

Le garde se décida et.... éclata de rire. Ce que M. Bassilan avait tué, c'était.... un lapin.

— Ah ! monsieur, quelle frayeur vous m'avez faite ! J'ai cru que c'était le braconnier que vous aviez tué.

— Vous avez cru !... Ah ! palsambleu, non !... Il y a une bonne demi-heure que j'y avais renoncé, à votre braconnier. Tout ce que je demandais, c'était un dédommagement pour ma nuit passée toute blanche dans l'humidité ; et ce dédommagement, je l'ai eu.

Ils se dirigèrent vers le château.

Un peu avant d'y arriver, ils rencontrèrent un jeune homme qui venait vers eux, les mains derrière le dos. M. Bassilan reconnut son filleul, Maurice Raynouard. Il poussa une exclamation de surprise.

— Tiens, tiens, te voilà donc revenu, petit Mohican ?

— Oui, mon parrain, comme vous voyez. Et je gage que, depuis un quart d'heure seulement que je

suis au château, j'ai fait une meilleure chasse que
vous, qui avez passé la nuit à l'affût. Du reste, jugez
vous-même.

Le jeune homme ramena devant lui ses deux
mains et présenta à M. Bassilan quatre superbes
lapins attachés par le cou à quatre collets de laiton.

— C'est donc toi, mauvais sujet, qui nous donnes
tout ce tracas et nous fais passer des nuits dans le
bois?

— Moi! Que voulez-vous dire? J'arrive de Paris.
Je vous demande à Suzon. « Oh! me répond-elle,
monsieur est dans le parc. » Alors je cours au-devant
de vous, je trouve ces lapins dans une allée, je les
ramasse, et.... et me voilà. Je ne comprends pas
votre hébreu.

— C'est juste, ce ne peut pas être toi. Ah! mais,
c'est que, vois-tu, c'est à jeter sa langue aux chiens.
Plus nous allons, plus l'aventure se corse. Ce sont
d'abord deux lapins, puis trois, puis quatre.... Où
cela s'arrêtera-t-il? Enfin, qui vivra verra. Rentrons.
Je suis gelé et je meurs de faim. Nous déjeunerons
ensemble, et nous serons mieux à l'aise pour causer
autour d'une table que dans le brouillard du matin.

D'abord stupéfait à la vue des quatre lapins, le
père Matthieu était vite revenu de son ahurissement

Il quitta M. Bassilan et son filleul, et, sans perdre de temps, courut droit à la maison de Maréchal. pensant y surprendre son fils; mais celui-ci était parti la veille pour conduire des moutons à six lieues du pays ; ce qui ne fut pas sans déconcerter le garde. Il ne savait plus sur qui porter ses soupçons.

VII.

La ruse d'un paysan

Maurice Raynouard était un jeune homme de dix-neuf ans. Sorti depuis un an du lycée, il avait, sous prétexte de littérature, lu, pendant ses études, beaucoup de romans; et cette lecture l'intéressait infiniment plus que celle des ouvrages prescrits par les programmes universitaires.

Il s'était surtout pris d'une belle passion pour les récits d'aventures extraordinaires et de longs voyages dans les pays lointains. Tous les livres où il était question des Indiens de l'Amérique, il les dévorait.

Bientôt il ne rêva plus que sauvages, jungles et

forêts vierges ; pour lui, le bonheur ne pouvait être que dans la vie nomade du Peau-Rouge. Il parlait sans cesse de wigwams et de calumets ; il appelait une rivière un *rio*, et une ficelle un *lasso*. Bref, il cherchait à se rapprocher autant que possible, par son langage et ses aspirations, d'un habitant des prairies.

Ses classes terminées, il ne laissa ni trêve ni repos à son père que lorsque celui-ci lui eut accordé d'aller passer quelques mois dans le nouveau continent.

Il fut assez heureux pour trouver parmi ses camarades un compagnon de voyage. Le cœur bondissant de joie, ils s'embarquèrent pour la Nouvelle-Orléans. La traversée fut longue ; mais qu'importaient quelques jours de plus ou de moins passés en pleine mer ? De la Nouvelle-Orléans, ils se rendirent à Gaveston, où ils se joignirent à une petite caravane qui devait, en remontant les rives du Colorado, gagner la ville d'Austin, en plein pays des Indiens Comanches.

Maurice allait donc vivre enfin de la vie du désert !

Le premier jour de marche, tout alla à merveille. Les feux du soleil torride lui causaient une sensation agréable ; les difficultés du chemin étaient un jeu ; la nuit passée roulé dans une peau de buffle, auprès d'un grand feu, le jeta dans le ravissement.

Le lendemain, son enthousiasme se refroidit un peu.

Le troisième jour, les vivres frais étant épuisés, l'eau devenant rare et le soleil encore plus ardent, Maurice songea à Paris, déclara le désert insupportable et regretta de s'être embarqué.

Ce qui acheva de le brouiller avec cette existence pittoresque et les prairies tant rêvées, ce furent deux petits incidents qui arrivèrent, l'un le quatrième, l'autre le cinquième jour.

La caravane, à bout de provisions, dut chercher son souper sur les côtes de quelques-uns de ces grands ruminants que la savane nourrit en abondance. Le repas ne se fit heureusement pas attendre ; il se présenta sous la forme d'une demi-douzaine de bisons qui flânaient près d'un petit bois de cèdres.

Toutefois, ce repas, il fallait le payer ; et, pour ne pas être fait en argent, le payement n'en fut pas moins onéreux. Maurice dut, comme ses compagnons de route, se mettre en chasse ; il lança son cheval et lâcha son coup de fusil contre un bison qui passait en fuyant à une faible distance de lui. La balle atteignit l'animal, qui, se sentant blessé, chargea son agresseur.

Maurice tourna bride et chercha son salut dans la

vitesse de son cheval ; mais le bison gagnait sur lui et ne tarda pas à le menacer de ses cornes redoutables. Déjà le lycéen en rupture de ban sentait presque son souffle bruyant ; il allait sans doute commencer son acte de contrition lorsque le monstre roula dans la poussière : un des voyageurs venait de

Une chasse aux bisons.

le frapper, mortellement cette fois, d'un coup de lance.

Le lendemain, autre rencontre, encore moins gracieuse que la première. La caravane avançait tranquillement, lorsque soudain une grêle de flèches vint s'abattre sur elle, tua un cheval et blessa un homme.

8

C'était un parti d'une quinzaine de Comanches, qui, embusqués derrière des broussailles et des rochers, la saluaient au passage à leur manière.

Maurice devint très pâle. Cependant il fit bonne contenance ; et son coup de fusil — tiré un peu au hasard, il est vrai — répondit immédiatement à l'attaque.

Les horribles sauvages, tatoués et ayant des plumes pour tout costume, se montrèrent. Ils allaient envoyer aux voyageurs une nouvelle bordée de flèches, lorsque soudain, sans que l'on comprit pourquoi, ils poussèrent de grands cris et s'enfuirent au galop de leurs chevaux.

On ne chercha pas longtemps le mot de l'énigme : une forte caravane, bien armée, qui arrivait, avait fait craindre aux Comanches de se trouver pris entre deux feux.

Maurice et son ami remercièrent le ciel de ce secours inopiné. Sans lui, ils eussent sans doute laissé leurs os dans la savane ! Ils déclarèrent à leurs compagnons de la caravane numéro un, qu'il leur suffisait d'avoir passé cinq jours et cinq nuits avec eux ; qu'ayant eu, pendant ce court laps de temps, l'heureuse chance d'assister à tout ce qu'ils voulaient voir, ils n'en demandaient pas davantage et se décidaient à retourner à Gaveston avec la caravane numéro deux. Ce qu'ils firent.

Huit jours après, ils rentraient à la Nouvelle-Orléans, qu'ils quittèrent au bout de trois mois pour retourner en France. Maurice était radicalement guéri de sa passion pour le désert.

— Eh bien! mon petit sauvage, demanda M. Bassilan à son filleul lorsqu'ils furent installés à table, que nous rapportes-tu de ton lointain voyage?

— Oh! une foule de choses, mon parrain. Je vous montrerai tout cela.

— Tu as dû mener une existence assez agitée?

— Mais oui.

— Et les aventures continuelles te convenaient?

— Enormément. Oh! la savane! le désert! Lorsqu'on y a vécu quatre mois, comme je l'ai fait, on ne s'en sépare qu'à son corps défendant. On parle de l'amour du marin pour la mer; ce n'est rien à côté de la passion qu'enfante le désert. J'ai passé six semaines sur mer; pendant tout ce temps j'ai été malade, et je n'ai aucun désir de recommencer. Au désert, j'ai souffert de la faim, de la soif, de la fatigue, de la chaleur; j'y ai couru mille dangers, et cependant il a pour moi un charme infini. C'est comme un aimant irrésistible qui me sollicite et qui m'attirera toute

ma vie. Poursuivre le buffalo, chasser le terrible
ours gris ; rester sans manger et trouver un régal
dans une lanière de buffle carbonisée sur la braise ;
être desséché par le soleil, dévoré par la soif, et
déguster quelques gouttes d'eau croupie ; passer
cent nuits sur la terre nue, avec le ciel pour plafond ;
combattre le farouche Comanche ; risquer vingt fois
de se voir enlever la peau du crâne ou d'être attaché
au poteau du supplice : voilà, mon parrain, des
jouissances inappréciables que l'on n'oublie jamais
et que peuvent seuls comprendre ceux qui les ont
éprouvées.

— Quel gaillard tu fais, mon ami !

— Et je ne vous parle point d'autres émotions
encore plus puissantes, celle de sauver la vie de son
semblable au péril de la sienne, par exemple.

— Est-ce que tu aurais sauvé la vie à quelqu'un ?

— Oh ! mon Dieu, oui, deux fois.

Et Maurice raconta les deux aventures qui lui
étaient arrivées pendant les quelques jours qu'il
avait passés dans la savane, mais en les modifiant
d'après les besoins de sa cause.

Dans la première de ces aventures, le bison avait,
dit-il, poursuivi son ami ; et c'était lui, Maurice
Raynouard, qui avait tué la bête d'un coup de son

tomahawk, au moment où elle allait percer le jeune homme de ses cornes.

Mais ce fut, à l'en croire, dans la seconde affaire que son courage atteignit les dernières limites. Pour sauver un de ses compagnons entouré d'Indiens Comanches, il s'était élancé seul à son secours et l'avait délivré en tuant deux ou trois sauvages à coup de revolver et en forçant le reste à fuir.

— Monsieur mon filleul, dit M. Bassilan, quand Maurice eut terminé son récit épique, je parie que tu es rentré en France par Marseille.

— Mais non, mon parrain.

— Vrai? Tu parles pourtant avec la jactance des habitués de la Cannebière.

— Je vous assure....

— Oui, oui, je n'irai pas voir, n'est-ce pas? C'est un peu trop loin.

— Ah! que je regrette que mon vieux trappeur ne soit pas ici !

— Qu'est-ce que c'est encore que cela, ton vieux trappeur ?

— Là-bas, on appelle trappeur un homme qui passe sa vie dans la savane à faire des trappes pour prendre des animaux, principalement des castors. Celui dont je parlais fut mon professeur. Que de

nuits j'ai passées avec lui dans l'immense solitude
des prairies, admirant la grandeur de la création,
la majesté si imposante de cette nature vierge ! Nous
chassions ensemble l'antilope, le mustang ou cheval
sauvage. Il m'apprenait les ruses des Indiens, leur
science à trouver les pistes ; et j'ose dire que, sous
ce rapport, je devins un sauvage assez distingué.
A la seule inspection d'une feuille, d'un caillou,
d'un brin d'herbe, je savais que tel animal était venu
là ; je reconnaissais s'il s'était arrêté ou s'il n'avait
fait simplement que passer ; quelle direction il avait
prise ; s'il était pressé ou s'il allait lentement ; je
voyais si la trace datait d'une heure ou d'un jour.

— Vraiment ? Mais, en ce cas, mon garçon, tu
vas pouvoir me rendre un grand service.

— C'est là que l'on reconnaît la supériorité de
l'homme de la nature sur nos stupides paysans. Le
dernier Indien rendrait des points à quarante lour-
dauds de nos villages.

— Diable !

— Mon trappeur m'apprit encore un exercice qui
faisait mes délices : je veux parler du lasso. Je m'y
adonnai si bien et j'y avais tellement d'aptitude,
que je devins en très peu de temps d'une grande
habileté. Il était rare qu'à trente pas je ne serrasse

pas le cou d'une antilope ou d'un mustang aussi sûrement que vous, mon parrain, vous prenez vos lapins
au collet.

— Ici, je vous arrête, monsieur du Comanche.
Vous venez de toucher une corde sensible, et je vais
vous dire ce que j'attends de vos talents de
sauvage.

M. Bassilan raconta à son filleul l'histoire des
lapins et du braconnier qui déjouait la plus active
surveillance.

— Je te charge, lui dit-il, de trouver le mot de
l'énigme et de capturer l'audacieux maraudeur. Tu
lui jetteras ton lasso autour du cou et tu l'amèneras ;
ce ne sera qu'un jeu pour toi.

En écoutant cette conclusion, Maurice se mordit
les lèvres ; il se repentait d'être allé trop loin dans
l'exposé de talents qu'il n'avait à aucun degré, il
avait trop lâché la bride à son imagination. Toutefois
il n'y avait plus possibilité de reculer. Il fit bonne
contenance, espérant qu'il trouverait quelque moyen
de se tirer à son honneur de la situation dans laquelle
il s'était mis.

— Avec grand plaisir, parrain, répondit-il.

— Comme Matthieu doit être très fatigué après les
deux nuits blanches qu'il vient de passer, je vais

faire venir Antoine; il te conduira au bon endroit,
et tu étudieras le terrain avec lui.

Quelques minutes plus tard, Antoine arrivait au
château, et M. Bassilan lui disait ce qu'il attendait
de lui. Le jeune paysan se mit à la disposition de
Maurice, et tous les deux sortirent.

Tandis qu'ils cheminaient, Antoine ne quittait pas
des yeux les jambes de Maurice, emprisonnées dans
de fortes guêtres qui montaient jusqu'aux genoux.

— Qu'avez-vous donc à m'examiner ainsi? demanda l'ex-sauvage.

— Vos guêtres, monsieur. C'est du fameux cuir.

— Oui. Elles sont faites de la peau d'animaux
que j'ai tués dans le désert.

— Ah! Est-ce que l'on peut toucher?

— Oui, je vous le permets.

Antoine se pencha pour palper le cuir. Quand il se
fut rendu compte de sa solidité et de sa résistance,
il reprit :

— On peut aller dans les ronces avec ça; on ne
craint rien. Je parierais que c'est à l'épreuve de la
balle.

— Et vous auriez raison.

Tandis qu'il parcourait le taillis où l'avait mené
Antoine, Maurice feignait de tout examiner minu-

tieusement. Parfois il s'arrêtait et semblait méditer ;
puis il hochait la tête comme quelqu'un qui vient
de découvrir la solution d'un problème. Antoine ne
perdait pas un de ses mouvements et s'efforçait de
lire sur sa physionomie.

Ils arrivèrent ainsi jusqu'au saut-de-loup.

— Ça pourrait bien être là le passage du braconnier, n'est-ce pas, monsieur ? dit Antoine.

Maurice ne répondit pas.

— Monsieur y viendra-t-il cette nuit ?

— Que vous importe ? Allez-vous-en, au lieu de
m'importuner avec vos questions.

Antoine obéit. Comme il retournait à la ferme,
il rencontra le père Matthieu et lui conta où en
étaient les choses.

— Ecoutez, ajouta-t-il ; moi, j'ai mon idée, et je
vais vous en faire part, parce que vous êtes un brave
homme que j'estime et que j'aime bien.

— Tu as une idée, toi ?

— Pourquoi pas ?

— Eh bien ! voyons-la, cette idée.

— C'est très simple. Je ne crois pas que M. Maurice
empoigne notre homme comme ça, tout de suite.
Ce qu'il fera cette nuit, je n'en sais rien ; mais
comme deux sûretés valent mieux qu'une, si vous

voulez, moi, je ferai sentinelle avec vous. C'est-il convenu ?

— Oh ! je veux bien, répondit le garde sans empressement, comme un homme qui se dit : Si ça ne fait pas de bien, ça ne peut pas faire de mal.

— Vous vous mettrez dans le taillis de gauche, et moi je serai dans le taillis de droite. Vous avez un piège à loups, n'est-ce pas ?

— Oui ; mais il doit être en assez mauvais état.

— Pourvu qu'il puisse prendre une jambe, nous n'avons pas besoin qu'il la casse. Nous le tendrons au bouquet du milieu ; n'est-ce pas, père Matthieu ?

— Mais si M. Maurice vient, d'après ce que tu m'as dit, c'est là qu'il ira. S'il tombait dedans ?

— Eh bien ! après ? Au lieu de prendre, il serait pris, et on rirait. Du reste, il a des guêtres qui ne craignent rien ; c'est comme de la tôle. Et, enfin, il ne m'a pas déclaré formellement qu'il viendrait

— Va donc pour le piège, conclut le garde, qui, plutôt que de s'avouer définitivement vaincu, voulait tout risquer et acceptait la proposition d'Antoine, ainsi qu'un homme qui se noie saisit un brin d'herbe comme une planche de salut.

Le piège fut donc tendu.

A minuit, Matthieu et Antoine étaient en faction.

Ils restèrent à leurs postes, silencieux et attentifs ; aucun bruit ne troubla le silence du parc, et le garde commençait à désespérer du succès de la nouvelle tentative, lorsque, vers trois heures du matin, ils entendirent une exclamation.

Cette exclamation venait de l'endroit où était tendu le piège. Ils s'y rendirent en courant et trouvèrent.... Maurice qui cherchait vainement à se débarrasser de l'étreinte du fer.

— Ah ! c'est vous, monsieur ! s'écria Antoine, en dégageant le jeune homme, dont la honte égalait la colère.

— Imbécile ! vous le voyez bien que c'est moi. Pourquoi ne pas m'avoir prévenu qu'il y a des pièges à loups dans le parc ?

— Dame ! monsieur, vous ne m'aviez pas dit que vous viendriez. Et, d'ailleurs, vous ne risquiez guère de vous blesser, avec vos guêtres.

— Soit ; mais je pouvais ne pas les avoir.

Les trois hommes retournèrent au château. Le père Matthieu était abattu.

— C'est fini, se disait-il tristement ; le malheur est sur moi !

Lorsque M. Bassilan eut appris la déconvenue de son filleul, il ne put s'empêcher de le railler légèrement. Mais soudain Suzon entra, apportant cinq nouveaux lapins qu'elle venait de trouver, le collet au cou, sur le perron du château. A cette vue, M. Bassilan changea de ton.

— Voilà qui est trop fort! s'écria-t-il. Cette mystification aura un terme, j'en réponds, dussé-je mettre en réquisition toute la gendarmerie du département. Quatorze lapins en quatre jours, il est temps d'en finir.

Il fit mander Antoine, et, en l'attendant, écrivit une lettre. Le jeune fermier ne tarda pas à arriver.

— Tu vas monter à cheval et porter ce billet au brigadier de gendarmerie, lui dit M. Bassilan.

Antoine prit la lettre et sortit; mais il ne monta pas à cheval. Deux heures plus tard, il se présentait devant M. Bassilan, dont la colère était calmée. Il commença par se gratter le genou avec la main droite, tandis que de sa main gauche il tourmentait une mèche de ses cheveux; ce qui était chez lui le signe d'un extrême embarras.

— Pardon, excuse, monsieur, dit-il d'une voix hésitante; je voudrais vous prier..., parce que, voyez-vous..., il y aurait peut-être moyen....

Il s'arrêta, ne sachant comment continuer.

— Voyons, au fait, mon garçon. Qu'y a-t-il?

— Eh bien ! voilà. Si, une supposition, je trouvais le braconnier ?...

Voyons, au fait, mon garçon. Qu'y a-t-il?

— Tu le connais ?

— Je ne dis point ça, monsieur; c'est une simple
supposition que je me permets. Mais, enfin, si cela
arrivait, seriez-vous content de moi ?

— Certainement. Ensuite?

Antoine changea ses mains de position, c'est-à-
dire que la gauche descendit gratter le genou et que
la droite remonta tortiller les cheveux.

— Ensuite, monsieur, répondit-il après une pause,
puisque vous voulez faire du b.   au père Matthieu
et le mettre bourgeois, avec votre permission, je vous
demanderai....

— De mettre le braconnier à sa place?

— Eh! non, monsieur; c'est moi qui désire-
rais....

— Toi !

— Pourquoi pas? Comme ça, vous seriez content;
moi, je serais content aussi; et quant au père
Matthieu, eh bien ! il finirait par l'être pareillement

— Et le braconnier?

— Dame, monsieur, il faudra bien qu'il s'en
remette à votre générosité.

— Ainsi tu voudrais être garde ?

— Oui, monsieur.

— Mais, mon pauvre garçon, tu n'es pas encore
assez dégourdi pour de semblables fonctions.

— Pas assez dégourdi, si je prenais le braconnier qui est plus malin que le père Matthieu !

— Mais tu n'entends rien au métier ; tu ne sais pas le premier mot de la chasse.

— Faites excuse, monsieur. Avant de subir le sort, j'ai braconné un brin.

— Oui-dà !

— Mon Dieu, oui ; et si cela vous fâche, je vous en demande bien pardon.

— Ainsi tu me réponds de notre homme ?

— Je ne dis point ça ; c'est une supposition. Faudra voir.

— Eh bien ! va. Tu as vingt-quatre heures. Amène-le-moi, et tu es garde.

— Merci, monsieur.

Antoine sortit tout joyeux et courut chez Matthieu. Après avoir entamé la conversation sur le temps qu'il faisait et son influence sur les vendanges, il toucha la question des lapins. Il entra d'abord dans le chagrin du garde, le plaignit de son mieux, rappela les exploits de sa jeunesse et exalta son mérite ; puis il s'efforça de lui faire sentir les charmes de la vie de bourgeois, d'un repos qu'il avait si bien gagné, après avoir longtemps travaillé comme deux hommes ordinaires pour le moins.

Quoique sensible à l'encens qu'Antoine brûlait en son honneur, Matthieu n'en secouait pas moins la tête ; il n'était pas convaincu et ne voulait pas se rendre.

— Eh bien ! voyons, si demain matin je vous livrais votre braconnier ?

— Qu'est-ce que tu dis là, mon garçon ? Oh ! si tu faisais ça, je te donnerais....

— Quoi ?

— Tu le connais donc ?

— Je ne dis point oui, ni non. J'ai une idée, voilà tout. La nuit dernière, pendant que nous faisions faction, j'ai beaucoup réfléchi, et je crois bien que je pourrais vous donner contentement.

— Tu boiras bien un coup avec moi, n'est-ce pas, mon garçon ? — Marianne, apporte-nous une fine bouteille.

Quand le vin fut sur la table et que la fille du garde se fut retirée, les deux amis trinquèrent et avalèrent d'un trait leur verre plein.

— Savez-vous, père Matthieu, dit Antoine, savez-vous que vous avez là une belle fille et qu'il n'y en a pas une dans le pays qui la vaille ?

— Tu es bien honnête, mon garçon.

Et, après avoir savouré le compliment, Matthieu revint à ses moutons, ou plutôt à ses lapins.

— Comment donc as-tu fait ton compte pour le découvrir, ce brigand-là ?

— Sans compter qu'elle n'a pas sa pareille pour tenir une maison.

— A ta santé !

— A la vôtre, et à celle de Mlle Marianne.

— Nous disions donc....

— Je disais qu'elle fera la meilleure des femmes de ménage.

— Assurément.

— Je connais quelqu'un qui serait bien heureux d'être son mari ; et ce n'est pas pour le vanter, mais je suis bien sûr que ce quelqu'un là la rendrait joliment heureuse aussi.

— Vraiment !

— Et il ne ferait que son devoir. Une femme comme Mlle Marianne, ah bien !... Et puis, père Matthieu, vous savez bien que je ne suis pas un mauvais garçon. Le travail ne m'a jamais fait peur....

Il s'arrêta un moment, puis, en manière de conclusion, ajouta, en se donnant un grand coup de poing sur le cœur :

— Enfin, j'ai de ça, quoi ! Et si ça vous allait....

— Eh ! je ne dis pas non, mon garçon.

Antoine sauta au cou du vieillard et l'embrassa.

— Voilà donc pourquoi je vous aimais tant, père Matthieu, s'écria-t-il : c'est que je devais être votre gendre.

— Un instant, un instant. Je n'ai pas dit non, c'est vrai ; mais je n'ai pas dit oui non plus.

— Comment !

— Vois-tu, j'ai mon idée. Je sens bien que je ne peux pas durer bien longtemps et qu'il faut que Marianne se marie ; mais j'ai arrangé qu'elle n'épouserait qu'un garde. Tu comprends pourquoi, mon garçon : de cette manière je vivrai avec mon gendre et je mourrai en étant toujours un peu dans le métier.

— Et si j'avais une place de garde ?

— Toi !

— Pourquoi pas ?

— Pourquoi pas ? Dame, c'est que tu es...., Enfin, ce que j'ai dit est dit. Pour le moment, occupe-toi de me livrer le braconnier. Si demain matin il est pris, je garde ma place ; toi, tu en chercheras une, et, quand tu l'auras trouvée, eh bien ! ma foi, nous recauserons de ta demande.

— Tenez, père Matthieu, vous êtes un brave homme. Faites-moi un mot d'écrit par lequel, si

je vous livre le braconnier, vous m'accorderez
Mlle Marianne quand j'aurai une place de garde.

— Tu n'y songes pas.

— Mais parfaitement si.

— Et si Marianne ne voulait pas de toi?

— Ah! dame, c'est vrai, si elle ne voulait pas de
moi.... Mais je crois bien qu'elle en voudra. Du reste,
il y a un moyen bien simple de le savoir. Touchez-
lui-en un mot ce soir, et demain nous nous rendrons
réponse.

Matthieu et Antoine trinquèrent une dernière fois
et se séparèrent, après avoir échangé de vigoureuses
poignées de mains.

Le lendemain matin, à sept heures, le jeune
homme était chez le garde, qui l'attendait.

— Eh bien! dit-il, et Mlle Marianne?

— Et le braconnier? riposta Matthieu.

— Si je le tenais, qu'est-ce que vous répondriez?

— Je répondrais que tu n'as plus qu'à chercher
une place de garde.

— Alors, venez avec moi.

Antoine conduisit Matthieu auprès de M. Bassilan.

— Et mon braconnier? demanda celui-ci.

— Monsieur, repartit le jeune fermier, il est
devant vous et vous demande pardon. J'ai voulu

faire mes preuves avant de solliciter la place de garde
et montrer que je ne suis pas aussi bête qu'on le
pourrait croire.

— Fiez-vous donc à la mine des gens ! murmura
le père Matthieu.

— Et mon filleul ? dit M. Bassilan. Tu t'es permis,
ce me semble, de lui jouer certain tour.

— Je lui en fais toutes mes excuses, et à vous
aussi, monsieur. Mais il méprisait tant les paysans,
qu'il m'a piqué au jeu. Et puis, que voulez-vous ?
j'entendais gagner à tout prix la main de Mlle Marianne.

— Allons, sois heureux, mon garçon, je te
pardonne et je te nomme garde des chasses du
château.

— Et moi, dit le père Matthieu, je te donne ma
fille.

La ruse d'Antoine et le succès qu'elle lui valut
défrayèrent pendant plusieurs jours toutes les conversations.

— Eh bien ! demanda M. Bassilan à Toinon, que
penses-tu de l'aventure ?

— Je pense qu'Antoine n'a pas été bête, répondit-
elle.

— Il sait pourtant tout juste lire et écrire. Ce n'est
qu'un pauvre paysan, un de ces travailleurs que tu

regardes quelquefois avec hauteur, sinon avec dédain.
Que l'intelligence dont il a donné la preuve te serve
de leçon : apprends que l'habit ne fait pas le moine,
et que sous les dehors de la candeur se cachent
souvent l'esprit et la volonté.

VIII.

Le devoir.

Malgré tout ce qui était arrivé depuis le commencement des vacances, Toinon conservait encore dans
son for intérieur la croyance que, dans le bout de
son petit doigt, elle en savait plus long que tous les
paysans des environs.

— Ils ont plus d'expérience que moi, c'est vrai,
disait-elle un jour à bonne maman ; mais lire et
écrire, voilà à quoi se réduit leur instruction.

— Dame ! mon enfant, répondit la châtelaine, ils
n'ont pas besoin de connaître l'histoire de Hugues
Capet et la géographie de l'Afrique centrale pour
cultiver la terre.

— Ajoute, bonne maman, qu'ils n'ont ni noblesse dans leurs sentiments ni élévation dans leurs goûts.

— De la noblesse dans les sentiments, si, ils en ont. Ils font tout leur possible pour être utiles à leur prochain et lui rendre service, ce qui est la grande religion humaine; ils ont la charité, qui est la plus noble des vertus. Ils ne donnent pas d'argent aux pauvres, parce qu'ils sont pauvres eux-mêmes ; mais ils donnent volontiers leur cœur et leurs bras. Quant à de l'élévation dans les goûts, crois-moi, il vaut mieux regarder trop bas que trop haut.

— Cependant, bonne maman, il me semble qu'il faut toujours chercher à s'élever. J'ai souvent lu que l'amour de la gloire faisait les héros.

— Oui, quand il ne fait pas des martyrs. Malheureusement, pour la plupart de ceux qui convoitent la gloire, elle demeure toujours à l'état de rêve : c'est presque invariablement une chimère que l'on poursuit sans cesse et que l'on n'atteint jamais.

— Alors, bonne maman, tu estimes qu'il vaut mieux rester un artisan que devenir un artiste?

— Cela dépend. L'art, comme la gloire, a beaucoup d'appelés et peu d'élus. Que de gens se croient artistes, qui ne le sont pas ! Combien de jeunes gens ont compromis, sinon perdu, leur avenir, pour avoir voulu abandonner une profession honorable, mais modeste, dans l'espoir d'une brillante carrière dans un autre domaine! Tiens, j'en ai connu un, entre autres, dont je puis te conter l'histoire. Ecoute :

« Il y a quelques années, M. Lormier habitait Orléans, avec sa femme, sa fille Victoire, son fils Edouard et sa nièce Louise.

« Edouard était employé, gagnait peu d'argent, et s'ennuyait de faire des additions et d'écrire des lettres du matin au soir dans un étroit bureau. Il avait vingt-quatre ans, et dans sa jeune tête toutes sortes de pensées ambitieuses s'étaient logées.

« Son père le gourmandait souvent au sujet de ses dispositions d'esprit. Un soir, Mme Lormier allait et venait dans le salon de son modeste appartement ; Victoire et Louise brodaient à la lumière de la lampe. Quant à M. Lormier, il se reposait dans un fauteuil des labeurs de la journée.

« Chaque fois que des pas se faisaient entendre dans l'escalier, Louise tournait les yeux du côté de la porte et interrompait son ouvrage ; le bruit passait, et la jeune fille ne pouvait se défendre de rejeter un regard inquiet sur M. Lormier.

« Bientôt l'horloge d'une église voisine sonna dix heures.

« — Où est Edouard, ce soir? dit M. Lormier

Édouard s'ennuyait de faire des additions et d'écrire des
lettres du matin au soir.

en réglant sa montre. Encore à s'amuser, sans
doute?

« — Promets-moi de ne pas te fâcher, répondit la mère, en s'approchant de son mari.

« — Je ne veux rien promettre. Pourquoi n'est-il pas rentré?

« — Mon ami, sois bon.... Comprends les goûts d'un jeune homme.... Il est allé voir jouer....

« — Ah! c'est cela! Il est allé au théâtre. Et comment peut-il payer de pareils plaisirs? Probablement avec l'argent de sa sœur ou celui de sa cousine?

« — Il y a si peu de distractions dans sa vie.

« — Y en a-t-il davantage dans la mienne?

« Edouard rentra vers onze heures et demie.

« — Je vous attendais, monsieur, lui dit son père.

« Le jeune homme voulut s'excuser.

« — Vos chefs sont mécontents de vous, reprit M. Lormier. Je les ai vus aujourd'hui; ils se plaignent de votre négligence.

« — Je ne puis prendre goût à rédiger des factures et des comptes, à correspondre dans un style stéréotypé, à calligraphier des lettres commerciales.

« — Desjardins est mon ami et le parent de votre mère; il ne vous laissera pas longtemps dans l'emploi que vous occupez, si vous méritez sa confiance. Mais il ne peut vous faire monter en grade tant que vous ne lui aurez pas prouvé votre bonne volonté.

« — Je ne me sens point de penchant pour les affaires dont il s'occupe. Je meurs d'ennui dans mon bureau.

« — C'est-à-dire que vous voulez vivre en oisif.

« — Je voudrais travailler à mes heures et selon mes goûts ; je voudrais être mon maître et non pas l'esclave d'autrui.

« — Depuis quarante ans, répondit gravement M. Lormier, je fais des chiffres derrière une grille où le soleil n'arrive jamais, et je n'ai jamais demandé une existence plus douce.

« — C'est que vous aimiez les chiffres, mon père.

« M. Lormier regarda Édouard avec une colère mal dissimulée.

« — J'ai aussi du goût pour le grand soleil, dit-il, et j'aurais volontiers élargi ma part de liberté. Mais le devoir était là qui commandait, et j'ai toujours cru au devoir. Ce n'est point en caressant des rêves d'indépendance que j'ai pu vous entretenir au collège jusqu'à l'âge de seize ans. Sottise que ces études ! mais votre mère voulait faire de vous un homme plus instruit que moi, et aujourd'hui il se trouve que c'est l'ignorant qui nourrit le savant. A quoi bon votre instruction, si vous restez incapable de prendre votre place dans la vie? J'ai cinquante-six ans ; il y en a quarante-six que je me suffis. J'avais dix ans quand, au retour de l'école, je vis ma mère qui pleurait en faisant un paquet de linge qu'elle se disposait à aller vendre. « Ne le vendez pas, lui dis-je ; je travaillerai « et vous aiderai à sortir du besoin. » Et, dès le lendemain, je peignais des cardes et je gagnais plus qu'aucun enfant de mon âge.

« — Mon Dieu, mon père, je ne répugne point au travail ; je demande seulement un état qui me convienne.

« — Et que veux-tu être?

« — Artiste, mon père. Je peins depuis plusieurs années, et mes essais, vous le savez, n'ont pas fait trop mauvaise figure aux dernières expositions régionales. Ma vocation est là, j'en suis sûr.

« — Tu veux que l'on parle de toi, et tu prends ta vanité pour une vocation ; mais tu n'as ni la patience ni l'ardeur qui font les vrais artistes. Jamais, de mon consentement, tu n'entreras dans cette voie.

« Ces débats se renouvelèrent souvent sans changer ni l'opinion d'Edouard ni celle de M. Lormier ; et le jeune homme continuait à négliger ses occupations commerciales pour la peinture.

« Cette lutte entre le père et le fils répandait une

grande tristesse dans la maison ; mais nul ne s'en affligeait aussi vivement que Louise. Elle avait été élevée avec son cousin, et Mme Lormier avait souvent fait allusion à la possibilité d'un mariage entre elle et Edouard. Louise s'était accoutumée à cette pensée et aimait son cousin comme un fiancé.

« Cependant sa majorité était venue. M. Lormier lui rendit ses comptes de tutelle avec la scrupuleuse exactitude dont il avait toujours fait profession, et la jeune fille se trouva en possession d'une trentaine de mille francs.

« Le soir même, Edouard, en rentrant, trouva sur son secrétaire la somme entière, avec un billet renfermant ces seuls mots :

« Voici assez d'argent pour vous rendre à Paris,
« y compléter vos études de peinture et acquérir la
« place qui vous est due. Acceptez ce prêt d'une
« amie ; elle sera heureuse de votre bonheur. »

« Edouard aimait Louise autant qu'il en était aimé. Il courut au salon, où il trouva la jeune fille seule, et, lui tendant les deux mains avec une joie attendrie :

« — J'accepte, Louise, lui dit-il ; mais à condition que vous serez ma femme et que vous irez avec moi à Paris.

« Un mois après, les deux jeunes gens étaient
mariés et arrivaient dans la grande ville, où Edouard
espérait suivre enfin sans obstacle la carrière de son
choix.

« Il s'était surtout occupé de la peinture des fleurs
et des paysages. Il se mit à l'ouvrage avec ardeur,
voulant prouver à son père, par un prompt succès,
l'injustice de ses préventions. Malheureusement, cette
ardeur se ralentit bientôt ; il devint distrait, ennuyé
et oisif.

« Louise fit en vain tous ses efforts pour pénétrer
la cause de ce changement ; mais si elle hasardait
une question, il se plaignait de ses couleurs, du jour,
du bruit de la rue, de tout, excepté de sa disposition
molle et inconstante, qui était le motif véritable de sa
paresse. Les fleurs mouraient dans l'eau où il les avait
placées, avant même qu'il en eût esquissé les contours ; alors il murmurait contre les modèles d'une si
courte durée. Ses chevalets étaient couverts de toiles
ébauchées. Bientôt les goûts de promenade et de
dissipation prirent tout à fait le dessus ; il sortit tout
le jour, parcourant les jardins et les galeries, rêvant,
flânant, souhaitant, et ne produisant rien.

« Il n'était point sans remords de son inutilité,
mais la force lui manquait pour s'en corriger ; tous

les soirs, il s'endormait avec le regret du mauvais
emploi de sa journée et le désir de travailler le lendemain.

« Mais, le lendemain venu, il se trouvait mal disposé; sa tête était lourde, son esprit sans enthousiasme; il avait besoin de quelques émotions, et,
selon son caprice, il allait les chercher dans les rues
de Paris ou à la campagne. La journée était vaine
comme la précédente.

« Le soin de chercher un beau sujet l'absorba
longtemps; croyant enfin l'avoir trouvé, il se mit au
travail. Mais l'époque du Salon approchait. Il fallait
aller vite, et l'œuvre patiemment commencée devint
une tâche folle.

« Grâce à une précipitation exagérée, le tableau
fut prêt à temps. Edouard l'envoya au Salon, mais le
jury d'admission le refusa.

« Cet échec le découragea. Il se dit bien qu'il était
victime d'une injustice; mais cette consolation était
vaine: au fond, il savait qu'il méritait ce qui lui
arrivait. Puis il se leurra de la pensée que l'isolement
dans lequel il avait vécu jusqu'alors était en grande
partie cause de son insuccès, et il voulut voir et fré-
quenter les artistes en renom.

« Ce fut pour lui un nouveau motif de dissipation.

Louise était devenue mère et ne pouvait quitter son enfant ; Edouard s'accoutuma à sortir sans elle.

« La jeune femme, tendre et inexpérimentée, trouvait bien tout ce que faisait son mari ; la crainte de l'attrister eût d'ailleurs suffi pour qu'elle lui laissât une liberté entière. Puis il déployait pour elle une grâce si affectueuse, il s'excusait avec tant d'amabilité de la laisser seule, il faisait valoir si habilement les nécessités de son avenir, qu'elle n'avait la force ni de lui en vouloir ni de se trouver malheureuse.

« Trois années se passèrent ainsi. Un second enfant vint accroître les charges du jeune ménage. Une grande partie de la dot de Louise était déjà dissipée. Elle commença à penser avec effroi à l'avenir et communiqua à Edouard quelques-unes de ses inquiétudes.

« — Tu as raison, lui dit son mari ; il faut que je me remette au travail. Voilà trop longtemps que je gaspille mes journées en visites et en distractions inutiles. Mais, vois-tu, la vie d'un peintre ne peut ressembler à celle d'un teneur de livres ; on reste des mois sans toucher un pinceau, puis il suffit d'une semaine pour réparer cette perte de temps. Le travail de tous les jours est du métier, et non pas de l'art ; jamais l'imagination ne sera disciplinée. Ne crois pas, d'ailleurs, que je reste oisif; j'ai dix tableaux dans la tête. J'y pense dans le monde, dans la solitude. C'est une contemplation de tous les instants, un rêve de toutes les nuits. Cela sera beau.

« Fais-les donc, aurait pu dire Louise. Mais elle se tut.

« — Je te demande encore quelques jours de mouvement avant de m'absorber dans le travail, ajouta Edouard.

« A trois semaines de là, il éprouva le besoin de faire un voyage. La nature l'appelait, disait-il. Il était las du monde et de son tapage; il voulait voir la mer et se retremper à ce grand spectacle. Louise ne s'opposa pas à son départ et essuya une larme.

« Quand Edouard revint, Louise le pria de lui montrer les études et les esquisses qu'il devait rapporter. Mais il n'avait eu le loisir de rien faire; un jour, c'était le beau temps qui l'avait détourné; un autre jour, c'était l'orage.

« — Je n'ai rien produit en apparence, dit le jeune homme un peu honteux; mais intérieurement j'ai beaucoup travaillé et je me suis senti grandir. Le repos d'un artiste n'est jamais perdu; il est au moins un élan vers la gloire. Ne te tourmente pas; je suis prêt pour une œuvre magnifique.

10

« Louise ne répondit rien, mais elle était désormais désabusée. Chaque fois que, près d'entreprendre un tableau, son mari disait : « Demain, » elle souriait tristement.

« Elle essaya du moins de retarder, par son travail et son économie, la ruine qu'il préparait. Elle renvoya sa domestique, en prétextant qu'elle ne pouvait s'accoutumer à son caractère, se passa de couturière, et fit tout elle-même.

« Elle passait les jours entiers et une partie des nuits à travailler auprès de ses enfants. Son front était devenu pâle, et son regard, si vif naguère, était terne maintenant. L'état de langueur où elle était tombée l'épouvantait elle-même.

« Sur ces entrefaites, Edouard secoua sa paresse. Le dernier billet de 1,000 fr. de la dot de Louise était entamé, et il avait compris que le moment était venu de conjurer un désastre. Il s'enferma dans son atelier et termina un tableau qui cette fois fut reçu au Salon.

« Louise avait vu ce changement avec une joie profonde. Malgré son état de souffrance, elle voulut aller avec son mari au Palais de l'Industrie. Elle s'arrêta devant la toile d'Edouard ; mais, à son grand désappointement, elle reconnut que l'œuvre passait inaperçue. Personne ne s'arrêtait devant elle, per-

Il s'enferma dans son atelier.

sonne n'y faisait attention.

« Elle attendit longtemps, espérant que quelqu'un remarquerait le tableau, prête à écouter les remarques dont il serait l'objet. Enfin, deux hommes s'approchèrent et regardèrent. Edouard les reconnut : l'un d'eux était un peintre en renom, l'autre un critique dont l'opinion faisait loi.

« Qu'allaient-ils dire? Quel jugement allaient-ils prononcer? Tremblants d'émotion, Louise et son mari prêtèrent l'oreille.

« — Voilà qui est bien mauvais, dit le critique. Que d'incorrections et que de négligence! Ce n'est pas un tableau, c'est tout juste une ébauche, et une ébauche de débutant.

« — Ce qui manque surtout, ajouta le peintre, c'est le talent de composition. Non seulement l'auteur de cette œuvre ne sait pas son métier, mais encore ce n'est pas un artiste. Sa centième toile ressemblera à celle-ci ; ce sera une plate copie, non un tableau.

« Et les deux hommes s'éloignèrent.

« Edouard était demeuré pâle et éperdu.

« — Mon ami, murmura Louise en passant son bras sous celui de son mari, ne te désole pas. Sans doute le jugement que nous venons d'entendre est erroné.

« — J'ai peur qu'il ne le soit pas, répondit-il. Je le vois maintenant, mon tableau est froid et mal peint

Tout ce qui a été dit est vrai. J'ai cru faire une œuvre d'artiste, et je n'ai fait qu'une œuvre de rapin.

« Il était désolé ; ses mains tremblaient, ses jambes lui refusaient leur service. Il s'assit sur une banquette pour ne pas tomber.

« — Edouard, dit Louise, Edouard, reviens à toi. Quand tu te serais trompé, songe que nous te restons, tes enfants et moi.

« Mais elle eut beau faire, son mari s'était jugé lui-même. Malheureusement, ce jugement venait bien tard. Comment rattraper le temps perdu et l'argent dépensé? Quelle nouvelle carrière entreprendre? Ah ! que n'avait-il écouté autrefois les sages paroles et les bons conseils de son père ! Il serait maintenant, s'il eût voulu, tranquille, sans chagrin et sans souci, à Orléans; il avait préféré courir les aventures d'une carrière difficile entre toutes, et pour laquelle les dispositions naturelles lui manquaient. L'expérience lui coûtait cher déjà, et il était impossible de prévoir où elle aboutirait.

« Incapable d'une forte résolution, et cherchant le but de la vie, non dans l'accomplissement du devoir, mais dans la satisfaction des instincts, Edouard se laissa aller à un découragement complet.

« Cependant la santé de Louise continuait à

décliner. Un jour que son mari était absent, elle se
décida à faire venir un médecin. Elle lui expliqua
tous les symptômes de son mal, répondit à toutes ses
questions, puis lui demanda, en le regardant fixement, si elle pouvait être sauvée.

« — Vous le pouvez, madame, assura le médecin ;
mais pour cela, il n'est qu'un traitement.

« — Lequel ?

« — Repos absolu, point de veilles, et surtout
aucune douloureuse émotion.

« Louise courut à ses deux enfants et les serra dans
ses bras.

« — Alors vous serez bientôt orphelins, mes
pauvres petits, dit-elle en pleurant, car rien de tout
cela n'est possible.

« Le médecin salua gravement et se retira. Il était
à peine sorti, que la porte de l'atelier s'ouvrit. Edouard
parut ; il s'avança vers Louise, les bras tendus et les
yeux en pleurs.

« — Non, dit-il, non, tu ne mourras pas, chère
créature. Je viens de rentrer, et là, derrière la porte,
j'ai tout entendu. Pardonne-moi ; jusqu'à présent
j'ai été un égoïste et un lâche.

« Louise voulut protester.

« — Oui, un lâche, continua-t-il sans la laisser

parler; car je n'ai rien fait pour nourrir les miens,
je n'ai pas eu la vertu d'un simple artisan. Mais sois
tranquille, à partir d'aujourd'hui tout cela va
changer; j'ai compris ce que le devoir m'impose.

« Il embrassa sa femme et sortit. Louise demeura
heureuse du changement qui venait de s'opérer en
son mari, mais un peu inquiète sur ce qui allait
arriver. Qu'avait-il résolu? qu'allait-il faire?

« Elle attendit jusqu'au soir. Edouard ne rentrait
pas. Une terreur secrète s'empara d'elle.

« Le ciel était orageux; de larges gouttes de pluie
commençaient à tomber. La Seine roulait des eaux
hautes et jaunâtres. Une sorte de délire s'empara de
la jeune femme; elle allait sans cesse de ses enfants
endormis à la fenêtre, joignant les mains, redoutant
un irréparable malheur.

« Enfin un pas rapide fit craquer l'escalier. Louise
ouvrit la porte, s'élança.... C'était bien Edouard.

« — Enfin! dit-elle, te voilà!

« Et ce fut tout. Elle éclata en sanglots et tomba
dans les bras de son mari.

« Il la calma par les plus douces paroles.

« — Pourquoi es-tu ainsi? lui dit-il, quand elle
eut séché ses pleurs.

« — Je ne sais pas.... J'ai eu peur.

« — Peur de quoi ?

« — Peur de.... Oh ! mais, c'était un enfantillage.
Parlons d'autre chose. D'où viens-tu ?

« — D'où je viens ? Tiens , regarde.

« Et il tendait un papier qu'il avait retiré de sa poche.

« Elle le prit, le parcourut rapidement, et son
visage devint soudainement joyeux : c'était un
contrat qui attachait Édouard à une maison de tapis
en qualité de dessinateur.

« — Voilà, dit-il, mon rêve d'orgueil est fini.
Désormais je ferai mon devoir, et tu vivras. »

Bonne maman s'arrêta. Toinon était toute pensive.

— Et M. Édouard a tenu parole ? demanda-t-elle
au bout d'un moment.

— Oui, mon enfant; aujourd'hui il a l'aisance,
sinon la fortune, et il est heureux, non seulement
de son bonheur à lui, mais encore du bonheur des
siens. Il est sincère, probe, laborieux et aimant;
c'est là le secret pour avoir autant de solide félicité
qu'il est raisonnablement permis d'en espérer sur la
terre. Il connaît la route qui conduit, par le travail
régulier et l'honnêteté, à la confiance, à l'estime et
aux douceurs de la famille; il va droit devant lui,
sans jeter un regard sur les tentations, ce qui est le
moyen de garder sa conscience en paix.

IX.

Michel, Robert et Dur-à-cuire.

A quelques jours de là, Toinon, vers la fin de l'après-midi, était allée dans le parc pour y apprendre sa leçon. Elle marchait, son livre à la main, un peu distraite par le bruissement des feuilles et le gazouillement des oiseaux.

Elle arriva ainsi à un talus d'où, grâce à une éclaircie, le regard dominait la grand'route. Elle s'assit, et, fermant son livre, examina, pour se distraire, les paysans qui passaient.

Ils allaient, les uns vers Orléans, les autres en sens inverse, cheminant avec lenteur; pour avoir moins chaud, la plupart avaient ôté leur veste ; des groupes causaient de leurs affaires à haute voix et avec force gesticulations.

Soudain, un trio étrange arriva. Il se composait d'un homme, d'un enfant et d'un ours.

L'homme était vieux et mal vêtu. Un chapeau de feutre à larges bords cachait à moitié son visage, et permettait à peine de distinguer son teint hâlé, ses yeux noirs, sa moustache et sa barbe blanches. D'une main, il s'appuyait sur un bâton ; de l'autre, il tenait en laisse l'ours, qu'il avait, sans doute, pour métier d'exhiber.

L'enfant avait une dizaine d'années ; il marchait la tête basse. Sa veste et sa culotte étaient rapiécées en maint endroit. Ses souliers étaient éculés. Il portait un violon sous le bras.

Curieuse d'examiner le trio de plus près, Toinon se leva et alla à la grille qui séparait le parc de la route.

— Bonjour, mademoiselle, dit le vieillard en voyant la fillette ; voulez-vous me permettre de vous montrer les talents de mon ours?

Tout en parlant, il s'était approché de Toinon et avait mis son chapeau à la main.

— Certainement, répondit notre amie, mais pas

ici. Venez au château, et mes parents assisteront au spectacle que vous offrez de me donner.

Elle indiqua l'entrée de l'avenue, puis courut en toute hâte annoncer la triple visite que l'on allait recevoir.

Grand'maman, M. et Mme Bassilan et Toinon attendirent sur le perron l'arrivée de l'ours. Il ne tarda pas à apparaître, avançant lourdement entre l'homme et l'enfant.

L'animal et ses deux conducteurs étaient visiblement harassés de fatigue. Tous les trois s'arrêtèrent au bas du perron. L'homme et l'enfant se découvrirent et s'inclinèrent.

La représentation allait commencer, lorsque, sans doute émue de pitié à la vue des malheureux, qui avaient sûrement plus besoin de réparer leurs forces qu'envie de se donner en spectacle, bonne maman engagea le vieillard et l'enfant à se reposer un instant avant de donner leur séance.

— Enchaînez votre ours, ajouta-t-elle, et allez à l'office, où l'on vous donnera à dîner.

— Dîner, certes, madame, j'accepte l'offre bien volontiers ; mais quant à enchaîner Dur-à-cuire, c'est inutile. Il est doux comme un agneau et n'a jamais fait de mal à personne.

— C'est possible ; cependant vous m'obligeriez en l'attachant.

L'homme obéit. Il se rendit à l'écurie, où l'animal fut emprisonné.

— On te juge mal, mon pauvre Dur-à-cuire, dit-il ; c'est qu'on ne te connaît pas. Sois tranquille, du reste ; je ne te laisserai pas longtemps seul.

Et il ne quitta l'ours qu'après l'avoir caressé de la main.

Suivi de l'enfant, il se rendit à l'office, où la cuisinière leur servit un copieux repas. Ils mangèrent comme des affamés, en silence et sans lever la tête ; une satisfaction manifeste était peinte sur leur visage.

Ils étaient encore attablés, lorsque Toinon, envoyée par sa mère, vint s'informer s'ils ne manquaient de rien.

— Oh ! de rien du tout, répondit le vieillard ; il y a bien longtemps que, Robert et moi, nous n'avions fait un si bon dîner.

Et, souriant tristement, il ajouta :

— Je vous avoue même que ce repas nous a semblé d'autant meilleur que nous n'avions pas mangé depuis hier soir.

— Pas mangé depuis hier soir !

— Eh ! non. Que voulez-vous ? nous n'avons pas

eu de chance aujourd'hui, personne ne s'est intéressé aux talents de Dur-à-cuire, et nous n'avons pas fait un sou de recette. Mais, Dieu merci, grâce à vos parents, nous venons, mademoiselle, de nous dédommager amplement de notre jeûne.

— Alors, vous n'avez pas d'argent du tout?

— Hélas! non.

— Vous auriez pu, du moins, apaiser votre faim en cueillant des fruits sur la route et en les mangeant.

— C'est vrai; mais ces fruits ne sont pas à nous, et nous n'avons pas le droit de nous les approprier. Dans notre malheur, il ne nous reste qu'une consolation : c'est le bon témoignage de notre conscience; pour rien nous ne voudrions le perdre.

Le dîner était terminé. L'homme et l'enfant se levèrent.

— Mais votre ours?... Il faut qu'il mange aussi, dit Toinon. Que lui donnez-vous d'habitude?

— Des glands et des racines, et, lorsque, par hasard, nous le pouvons, un peu de miel et de lait, dont il est très friand.

— Du miel et du lait; rien n'est plus facile que de lui en porter; il y en a ici en abondance.

Dur-à-cuire fit honneur à sa pitance favorite; à

coup sûr, il aurait, s'il avait pu parler, exprimé son contentement et sa reconnaissance.

— Et maintenant, dit l'homme, tâchons de payer de notre mieux l'hospitalité que nous avons reçue.

On porta des chaises sur une pelouse. Toinon, ses parents et sa grand'mère s'assirent.

— Mesdames et monsieur, commença le vieillard, je vais enlever à Dur-à-cuire sa chaîne et sa muselière; mais ne craignez rien; il m'obéit comme un chien obéit à son maître. — Allons, Robert, prends ton violon et joue une valse.

L'enfant obéit; il râcla de son archet les cordes de son instrument. Ce fut une musique peu artistique et peu savante; les notes fausses alternaient avec les notes à peu près justes. Mais l'exécutant faisait ce qu'il pouvait, et on excusa sa maladresse en faveur de sa bonne volonté.

Quant à l'ours, il dansa d'une manière bouffonne, dont les assistants s'amusèrent fort. Lourd comme tous ses congénères, il tournait sur ses pattes de derrière, cherchant à se donner des airs gracieux, auxquels son gros corps velu et ses formes épaisses prêtaient un comique irrésistible.

Lorsque la danse eut assez duré, le vieillard reprit :

— Mesdames et monsieur, Dur-à-cuire n'est pas

seulement un chorégraphe distingué; c'est aussi un soldat rompu au maniement du fusil. Voyez plutôt.

Il coiffa l'animal d'un bonnet militaire et mit son bâton entre ses pattes de devant; puis il commanda successivement : Portez arme! — Arme bras! — Présentez arme! — Arme sur l'épaule droite! — Reposez arme!

Dire que tous les mouvements furent exécutés avec une précision rigoureuse serait un peu exagérer; mais comme Dur-à-cuire n'était pas destiné à grossir un jour les rangs de l'armée française, on lui accorda quelque indulgence, et son habileté relative lui valut les suffrages approbatifs de la famille Bassilan.

— Mesdames et monsieur, dit ensuite le bonhomme, beaucoup de personnes s'imaginent que les animaux sont des corps sans âme, qu'ils n'aiment pas, qu'ils n'éprouvent aucun sentiment. C'est là une erreur; en ce qui concerne Dur-à-cuire, je vais vous prouver qu'il a autant de cœur que d'intelligence.

Ayant ainsi parlé, le vieillard s'éloigna de quelques pas et fit semblant de pleurer. Aussitôt l'ours courut à lui, se dressa, et, jetant ses pattes de devant autour du cou de son maître, frotta en manière de caresse son museau contre son visage.

Pour terminer la représentation, Dur-à-cuire sauta à la corde. Ses deux conducteurs lui firent exécuter successivement l'*huile* et le *vinaigre* ; et, grave comme un ministre, il s'acquitta de ses fonctions sans commettre une faute.

— Et maintenant, mesdames et monsieur, dit le vieillard, il ne nous reste plus qu'à vous remercier de votre bon accueil. J'espère que la séance de mon vieux Dur-à-cuire vous a un peu amusés et que vous ne garderez pas un trop mauvais souvenir de notre visite.

Il allait se retirer avec Robert et son ours ; bonne maman les retint.

— Un moment, fit-elle ; vous nous avez donné une représentation, il est juste que nous vous récompensions de votre peine.

— Oh! madame, repartit l'homme, nous sommes plus que payés. Nous avions faim, et, grâce à votre bonté, nous avons dîné. C'est plus que ne vaut le modeste spectacle que nous vous avons offert.

Mais bonne maman ne fut pas de cet avis. Elle sortit sa bourse de sa poche et y prit une pièce d'argent qu'elle tendit au vieillard. M. et Mme Bassilan imitèrent son exemple, et Toinon elle-même préleva sur ses économies une petite offrande.

L'homme se confondit en remerciements; il était tout ému, le pauvre diable, et pleurait de reconnaissance.

— Où allez-vous maintenant? demanda bonne maman.

— Droit devant nous, sans route tracée et sans but déterminé. Là où il y aura du monde, nous nous arrêterons, et nous tâcherons d'amuser qui voudra écouter et regarder.

— Vous venez de loin?

— De la Savoie, où nous sommes nés tous les trois, mais nous avons suivi le chemin des écoliers. Nous avons traversé la Suisse.

— Avec votre ours?

— Oui; il y a eu quelques succès auprès des nombreux étrangers qui passent l'été en villégiature dans les montagnes. Même, si j'avais voulu, j'aurais pu le vendre un bon prix à un Anglais qui avait fort envie de lui; mais j'ai refusé ce qui eût été pour Robert et pour moi une petite fortune. Dur-à-cuire ne me quittera jamais.

— Vous l'avez élevé, sans doute?

— Oui, madame.

— Comment vous appelez-vous, monsieur? demanda Toinon.

11

— Michel, pour vous servir, mademoiselle.

— Et Robert est votre fils? dit Mme Bassilan.

— Non. Tous les membres de ma famille sont
morts. Robert est un bon garçon, mais il n'est pas
mon fils. Si Beppo vivait, il aurait vingt-cinq ans, et
nous posséderions une belle ménagerie, car personne ne savait élever les bêtes comme lui.

Et, avec un douloureux soupir, Michel ajouta :

— La mort me l'a pris.

— Vous l'avez perdu depuis longtemps?

— Il y a sept ans. Beppo était le plus fort, le plus
vaillant et le plus beau garçon de Chambéry. Il défiait
les chasseurs les plus intrépides. A treize ans, il
tua un ours qui faisait la terreur du pays. Nous pos-
sédions une petite ménagerie avec laquelle nous
allions de ville en ville, gagnant partout notre vie,
point malheureux et point à plaindre, économisant peu
à peu, si bien qu'un jour vint où il nous fut possible
d'acheter une petite ferme aux environs de la ville.
La ménagerie fut vendue. Nous ne gardâmes qu'un
ourson, que Beppo voulait élever et apprivoiser.
L'animal grandit ; il vivait avec nous en toute liberté,
doux et obéissant, et il nous parut inutile de l'en-
fermer.

Mais un matin, à l'heure habituelle, mon fils ne

parut point. Je pensai d'abord qu'il était parti pour
la chasse et ne m'inquiétai point ; mais la matinée
entière se passa sans qu'il revînt, et je finis par
m'étonner de son absence prolongée. Hélas ! je ne
devais plus le revoir vivant. En montant à sa chambre,
je le trouvai étendu sur son lit. L'ours l'avait étouffé.
Vous dire quelle fut ma douleur est impossible.
Ceux-là seuls pourront la comprendre, qui ont eu
des enfants et les ont perdus.

Je tuai l'animal et restai seul à la ferme, seul et
désolé. La maisonnette m'apparaissait comme un
tombeau. J'y vécus six mois en tête à tête avec ma
douleur, sans chercher des consolations qui eussent
certainement été impuissantes à me rendre la séré-
nité de l'esprit et du cœur. Puis un nouveau malheur m'arriva : une nuit, le feu se mit à ma petite
maison et la consuma entièrement.

Je ne possédais plus que la petite pièce de terrain
où j'avais espéré finir mes jours et dont le produit
suffisait à mes besoins. Faire reconstruire ma maisonnette, il n'y fallait pas songer. Comment vivre?

Je ne trouvai qu'un seul parti à prendre : vendre
ma terre et recommencer mon métier d'autrefois. Je
cédai mon bien à un voisin pour quelques pièces d'or,
j'achetai un ours, et de nouveau je courus le monde.

Au cours de mes pérégrinations, je fis la rencontre de Robert. C'était dans un village alpestre. L'enfant était livré à des mercenaires qui le maltraitaient. Malheureux moi-même, je fus touché de son malheur.

— Veux-tu venir avec moi? lui dis-je.

Il demanda à ceux qui étaient chargés de lui la permission de me suivre, et l'obtint. Depuis lors, nous avons toujours vécu ensemble, nous partageant le pain blanc, quand il y en a, et, à défaut, le pain noir. Quelquefois il arrive que nous n'avons ni pain blanc ni pain noir; alors nous espérons que nous serons plus heureux le lendemain. Le pauvre enfant a l'insouciance de son âge; il est sans inquiétude pour l'avenir; il ne souffre que lorsque nous n'avons rien à manger et qu'il faut passer la nuit à la belle étoile. Mais moi, je me désole de voir que je suis impuissant à le tirer de la misère et à lui assurer un sort. Il ferait, j'en suis sûr, un excellent garçon de ferme; mais qui voudrait de lui?

— Vous sépareriez-vous de lui, si quelqu'un consentait à le prendre? demanda bonne maman.

— Il m'en coûterait; mais, pour son bien, je n'hésiterais pas à continuer ma route sans lui. Je suis trop près de la tombe pour être encore égoïste.

— Eh bien ! si vous le voulez, laissez-moi Robert ; je vous promets de prendre soin de lui.

Pendant que Michel parlait, l'enfant s'était un peu

L'enfant était livré à des mercenaires qui le maltraitaient.

éloigné avec Dur-à-cuire. Il s'était, pour se reposer, assis sur une pelouse, et l'ours s'était couché à côté de lui.

Après avoir entendu l'offre qui lui était faite, le
vieillard sembla hésiter; son visage s'était légèrement contracté, et il avait porté la main à ses yeux
comme pour cacher une larme. Mais soudain il eut
un geste résolu et appela :

— Robert! Robert!

L'enfant accourut, suivi de Dur-à-cuire.

— Comment trouves-tu ce pays?

— Très beau, père.

— Te plairait-il d'y rester?

— Certainement, père.

— Eh bien! tu le peux. Madame la châtelaine
accepte de te prendre comme garçon de ferme, et tu
ne manqueras jamais de pain.

— Et vous, père?

— Moi, je poursuivrai ma route avec Dur-à-cuire.

— Père, c'est pour m'éprouver, ce que vous me
dites?

— Non, mon enfant.

— Alors, vous avez pu croire que je consentirais à
vous abandonner?

— Pourquoi ne le ferais-tu pas? Tu m'appelles ton
père, mais tu sais bien que je ne le suis pas.

Robert ne répondit pas, mais il cacha sa tête dans
ses mains et se mit à pleurer.

— Ainsi, reprit Michel, tu aimes mieux rester
avec moi et vivre de misère que demeurer ici et ne
manquer de rien?

— Oui, mon père. Je veux continuer à jouer du
violon pour faire danser Dur-à-cuire; je veux continuer à prier avec vous pour le repos de l'âme de
Beppo, le fils que vous avez perdu.

Et, les yeux encore brillants de larmes, l'enfant se
jeta dans les bras de Michel, qui le serra tendrement
sur son cœur.

La brebis de Marcelle.

Lorsque l'ours et ses deux conducteurs eurent quitté le château, Toinon voulut achever d'apprendre, avant l'heure du dîner, la leçon commencée dans le parc. Mais elle eut beau appliquer son attention, elle songea à autre chose qu'au texte qu'elle répétait distraitement.

Elle pensait à Michel et à l'enfant qui, quoique n'étant pas son fils, l'aimait autant que s'il l'eût été. Robert avait refusé d'accepter une existence où il serait à l'abri du besoin, d'échanger son sort misérable pour une condition exempte de souffrances matérielles. Pour rester auprès du vieillard qui avait pris soin de son enfance, il se condamnait volontai-

rement aux fatigues de longues marches, à la vie
errante où l'on n'est jamais sûr du lendemain. Cette
affection, cet attachement, où nul égoïsme n'avait
place, avaient ému Toinon.

Aussi bien, depuis qu'elle était au château, elle
avait eu plusieurs fois l'occasion de se convaincre
que les pauvres gens, les déshérités de la fortune, les
humbles et les souffrants, pouvaient être dignes
d'estime, et ne méritaient pas le dédain que, dans
sa légèreté et dans son ignorance du monde, elle
avait été disposée à leur témoigner.

Plus près d'eux et plus à même de les apprécier,
elle commençait à comprendre qu'elle avait eu tort
de se croire d'une nature supérieure à la leur; elle se
rendait compte que, pour être différente de la sienne,
leur existence n'en comportait pas moins des devoirs
et des vertus.

Certes, sa vanité n'était pas encore entièrement
vaincue; mais elle avait fait un grand pas dans la voie
de la charité et du respect du prochain.

Un matin, elle était allée faire avec son père une
longue promenade. Tous deux retournaient au château, un peu en retard pour le déjeuner; ils mar-
chaient d'un pas rapide sur la grand'route, devisant
de choses et d'autres, lorsqu'à un tournant ils aperçurent, à une cinquantaine de mètres devant eux,
une petite fille qui cheminait lentement, accompagnée d'une brebis toute blanche.

Ils ne tardèrent pas à la rejoindre.

— Bonjour, mademoiselle, dit M. Bassilan, quand il fut près de la fillette. Vous allez loin?

— Non, monsieur, pas bien loin; je retourne à la maison, qui est à une demi-lieue d'ici.

— Vous venez sans doute de Bellegarde?

— Oui, ma mère m'y avait envoyée porter quelques légumes à un de ses clients.

— Et vous ramenez une brebis avec vous.

— Mirette m'avait accompagnée, comme d'habitude.

— Elle a l'air bien gentille, votre Mirette, dit Toinon.

— Et elle l'est, mademoiselle. Aussi je l'aime, voyez-vous, je l'aime de tout mon cœur. Voilà tantôt quatre ans que nous ne nous quittons pas. J'avais alors sept ans. C'est un berger qui me l'a donnée. Il cheminait sur la route, conduisant un grand troupeau de moutons. Pour voir passer toutes ces jolies bêtes, j'étais montée sur un tas de cailloux. Quand le berger fut tout près de moi, il s'arrêta et me montra une petite brebis qu'il tenait dans ses bras.

— Veux-tu que je te fasse un cadeau? me dit-il.

En même temps il mit la brebis dans mon tablier.

— Elle est née cette nuit, poursuivit-il; et comme j'ai une longue route à faire, je ne puis m'en charger. D'ailleurs, elle est si faible, que je ne crois pas qu'elle vive. Mais quand même elle mourrait, sa peau vaut toujours quelque chose.

Ils aperçurent une petite fille accompagnée d'une brebis toute blanche.

J'étais si surprise, que je ne songeai même pas à remercier le berger. J'enveloppai soigneusement la jolie petite bête dans ma jupe et la portai à la maison.

Ma mère était occupée à laver du linge. Elle est pauvre, ma mère; aussi j'avais bien peur qu'elle ne voulût pas me permettre de garder ma brebis. Vous savez, monsieur, ça coûte quelque chose pour nourrir une créature qui ne peut prendre que du lait. Quand papa était en vie, nous ne manquions de rien, et il m'aurait sûrement donné de quoi élever la petite bête. Mais papa est au cimetière, et maman n'a, pour gagner un peu d'argent, que le produit de son jardin et le lait de sa chèvre.

— Qu'y a-t-il? me demanda-t-elle, en me voyant accourir toute rouge et tout émue.

— Oh! maman, je suis si contente! lui répondis-je; regarde ce qu'un berger vient de me donner : une brebis.... une brebis pour moi, qui ne possédais rien que ma robe..., et encore elle est bien vieille et bien usée.

Maman ôta ses mains du baquet où elle lavait, les essuya à son tablier et s'approcha du petit animal, pour l'examiner.

— Ne te réjouis pas trop, Marcelle, me dit-elle; elle a l'air bien faible, ta brebis, et je doute qu'elle vive. Cependant nous allons essayer de la ranimer.

Elle alla vite traire la chèvre et fit avaler quelques cuillerées de lait à Mirette, puis elle l'enveloppa bien chaudement dans une vieille jupe de laine et la coucha près du feu. Au bout de quelques instants, j'eus la joie de l'entendre bêler doucement et de lui voir

faire quelques efforts pour essayer de se relever et de
se mettre sur ses jambes.

Maman lui donna encore à boire, et, depuis ce
moment, les forces lui revinrent à vue d'œil.

Au bout de quelques jours, Mirette put commencer
à me suivre partout où j'allais.

L'année suivante, elle était devenue une grande et
belle brebis, et elle eut un petit agneau que j'appelai
Tonton. Mais peu de temps après cet événement,
notre bonne vieille chèvre mourut; et comme un
malheur n'arrive jamais seul, maman tomba malade
et fut plusieurs semaines sans pouvoir travailler.

Nous avions économisé un peu d'argent pour payer
notre loyer; nous fûmes obligées de le dépenser jusqu'au dernier sou. Pendant bien des jours, nous ne
vécûmes que de pommes de terre que nous cultivions
dans notre jardin et d'un peu de lait de notre brebis.

Avec ce régime, maman ne reprenait pas vite ses
forces; cependant elle allait mieux, et un jour elle
était à se chauffer au soleil devant sa porte, lorsqu'elle vit arriver le boucher de Bellegarde. Ce boucher était notre propriétaire. Maman pâlit, car elle
savait bien pourquoi il venait, et elle n'avait pas
d'argent à lui donner.

C'était un homme dur et grossier; il ne tint aucun
compte ni des prières ni des promesses de maman,
et lui dit que, puisqu'elle ne pouvait pas le payer, il
ferait vendre ses meubles et la mettrait à la porte.

Au moment où il se disposait à s'en aller, il vit arriver Mirette et Tonton.

— Comment! s'écria-t-il, vous prétendez que vous n'avez pas d'argent pour me payer, et vous possédez une brebis et un agneau! Donnez-les-moi, et je vous signe un reçu, non seulement du loyer échu, mais encore de trois mois d'avance. Voilà. Je vous donne huit jours pour réfléchir.

Il partit, nous laissant dans la désolation. Vendre Mirette pour qu'on la tuât et qu'elle fût mangée, n'était-ce pas navrant?

Six jours se passèrent, six jours aussi douloureux que possible. Je voyais maman encore faible et pâle, et je me la représentais errant à l'aventure, sans asile et sans pain. Il aurait fallu que je fusse vraiment bien dénaturée pour ne pas lui éviter, coûte que coûte, un sort pareil. Aussi je me décidai; j'embrassai maman pour me donner du courage et je partis en appelant Mirette.

Je suivais depuis quelque temps la route de Bellegarde, lorsqu'un char de campagne me dépassa. Deux hommes étaient dedans : un cocher et un monsieur très bien habillé. Ce dernier regarda ma brebis et mon agneau, vit sans doute que je pleurais, fit arrêter sa voiture, en descendit et vint à moi.

— Mon enfant, me dit-il, est-ce que cette brebis vous appartient?

— Oui, monsieur, répondis-je avec un gros soupir.

— Elle est d'une très belle race. Voudriez-vous la vendre?

— Hélas! monsieur, je la mène au boucher avec son agneau. Il faut que je les vende pour payer notre loyer; sans cela, on mettra ma pauvre maman, qui est malade, à la porte de la maison.

J'éclatai en sanglots.

— Calmez-vous, mon enfant, et répondez-moi franchement. Votre brebis est-elle vendue au boucher?

— Non, monsieur, pas encore. Il ne sait pas que je la lui amène.

— Eh bien! je vous l'achète, avec son agneau, le double de ce qu'il vous en offre, et, de plus, je vous promets qu'elle ne sera ni tuée ni mangée. J'ai une grande ferme à six lieues d'ici, j'élève beaucoup de moutons, et votre brebis et son agneau seront traités et soignés avec sollicitude.

Je ne pouvais en croire mes oreilles. Je restai là, interdite, et ma joie était si grande, qu'elle m'empêchait de parler.

— Allons, reprit-il, menez-moi auprès de votre mère, car je comprends qu'une petite fille comme vous ne puisse pas conclure un pareil marché.

Maman fut presque aussi heureuse que moi lorsqu'elle sut de quoi il s'agissait. La vente fut vite réglée; on installa Mirette et son agneau sur de la paille au fond du char-à-bancs.

Le lendemain, je portai au boucher l'argent de notre loyer; et il resta encore une petite somme, de sorte que maman put se mieux nourrir et regagner des forces.

Si j'étais dans le ravissement de penser que mes chers animaux étaient si bien placés, il n'en est pas moins vrai qu'ils me manquaient beaucoup; je n'avais plus ni envie de rire, ni envie de m'amuser.

Il y avait à peu près quinze jours qu'ils étaient partis, lorsqu'un matin, de très bonne heure, je fus réveillée par un bêlement. Je crus d'abord avoir rêvé.

— Je pense tant à Mirette, me disais-je, qu'il me semble toujours l'entendre.

Mais non, ce n'était pas un rêve; car maintenant j'étais fort bien éveillée, et de nouveau j'entendis le bêlement. Vite, je sautai de mon lit, allai ouvrir la porte de la maison.... O joie! ô bonheur! Mirette et Tonton étaient là. Je les pris dans mes bras, les caressai, les embrassai.

Attirée par le bruit, maman arriva bientôt, et vous pensez quel fut son étonnement.

— Mais qui donc les a ramenés? dit-elle. Je ne vois personne.

— Ni moi non plus, répondis-je. Il faut qu'ils se soient échappés et qu'ils soient revenus seuls.

— En ce cas, reprit maman, il est de notre devoir de les rendre à leur propriétaire; ils ne sont plus à nous, puisqu'on nous les a payés.

— Les rendre!... lorsque je suis heureuse de les avoir retrouvés! Et, d'ailleurs, comment pourrions-nous le faire? Le monsieur a dit qu'il demeurait à six lieues d'ici; il nous est impossible d'aller si loin.

— C'est vrai, mais nous pouvons faire dire au fermier de venir reprendre Mirette et Tonton. Comme nous ne savons malheureusement pas écrire, tu vas aller trouver le maître d'école du village, et tu le prieras de rédiger une lettre que nous enverrons à son adresse.

Je comprenais trop bien que maman avait raison pour ne pas lui obéir, sans chercher à la dissuader de son projet. Je m'enveloppai de ma mante et je pris le chemin du village.

Le maître d'école me reçut très bien, quoiqu'il ne me connût pas. Il écouta mon histoire, puis il me dit :

— Je vous félicite, mon enfant, d'avoir une maman si honnête. Elle n'a pas pu vous apprendre la lecture et l'écriture, puisqu'elle ne les sait pas elle-même; mais elle vous enseigne une science bien précieuse aussi, celle de la vertu, qui, soyez-en persuadée, est toujours récompensée. Je vais envoyer tout de suite une lettre au propriétaire de Mirette et de Tonton; et, dès que j'aurai sa réponse, j'irai vous la porter.

En disant ces mots, il me congédia.

Quelques jours après, je vis une carriole s'arrêter

12

devant notre porte; le maître d'école et le fermier en descendirent. Le fermier dit à maman qu'il était émerveillé de l'intelligence de Mirette. Il avait constaté sa disparition; mais, malgré toutes ses recherches, il n'avait pas pu découvrir ce qu'elle était devenue, et il avait pris son parti de sa perte. Puis, la lettre de l'instituteur lui était parvenue. Alors, il s'était mis en route. En chemin, il avait appris que plusieurs personnes avaient vu passer la brebis avec son agneau, se dirigeant vers leur ancienne demeure. On avait essayé de les arrêter, mais on n'y avait pas réussi. On avait aussi remarqué que Mirette faisait un détour pour éviter de traverser les villages, probablement de crainte que les chiens ne fissent du mal à son petit.

Il ajouta :

— En voyant combien elle vous est attachée, je n'ai vraiment pas le courage de la séparer de vous et de Marcelle. Gardez-la, soignez-la et aimez-la bien.

Et il s'en alla, nous laissant, maman et moi, dans l'enchantement.

— Ainsi, dit M. Bassilan en manière de conclusion, le maître d'école avait eu raison de vous citer le proverbe : La vertu est toujours récompensée.

— Oui, monsieur.

— Tôt ou tard, c'est, en effet, ce qui arrive invariablement. Les méchants ont beau faire, ils ne parviennent pas à éviter la punition qu'ils ont méritée;

et les braves gens finissent toujours par obtenir pour eux la justice qui leur est due.

M. Bassilan, Toinon et Marcelle ne tardèrent pas à arriver devant la grille du château.

— Avant de poursuivre votre route, dit M. Bassilan, il faut entrer un moment chez moi, mon enfant; vous vous reposerez et vous vous rafraîchirez.

— Ce serait avec bien du plaisir, monsieur; mais maman m'attend, et elle serait inquiète, si j'étais en retard.

M. Bassilan n'insista pas. Il tendit sa main à Marcelle, qui la serra; et, après avoir donné une caresse à Mirette, Toinon embrassa la fillette, qui s'éloigna en courant.

XI.

Dans une ardoisière.

M. et Mme Bassilan n'avaient pas été sans observer l'heureux effet que produisait sur le caractère de Toinon la fréquentation des pauvres gens et des travailleurs. Ils avaient constaté qu'en voyant par elle-même ce que sont les humbles, ce qu'ils valent et ce dont ils sont capables, la fillette devenait peu à peu moins fière et moins orgueilleuse.

La campagne était pour elle une vaste école dont les enseignements, sans cesse renouvelés et sans cesse différents, n'avaient pas moins de valeur que ceux de l'école où se donne l'instruction. Si dans l'une elle développait son esprit, dans l'autre elle développait son cœur.

Aussi les parents de Toinon recherchaient-ils toutes les occasions de compléter son éducation spéciale, en lui montrant ce que peut le travail, aidé de la patience et du courage, en lui faisant voir que les déshérités de la fortune ne sont pas toujours ceux qui méritent le moins ses faveurs.

C'est ainsi qu'un jour la famille partit de grand matin pour aller visiter une ardoisière située à une quinzaine de kilomètres du château.

— Tu verras, avait dit M. Bassilan à Toinon, cela t'intéressera; et tu sauras ensuite comment s'exploitent les carrières souterraines d'où sortent les ardoises qui servent à couvrir les toits de tant d'habitations.

En une heure et demie on arriva à l'orifice de la carrière.

D'abord, il fallut descendre dans un *bassicot*, ou monte-charge, qui s'enfonça doucement dans le sol. Parvenus au bas du puits d'ouverture de la galerie, Toinon et ses parents se trouvèrent sur une sorte de terrasse établie au-dessus de la voûte d'une excavation qui n'avait pas moins de trente mètres de diamètre; au-dessous, c'était le vide, car les planches de la terrasse n'avaient pour points d'appui que des pièces de bois plantées de distance en distance, dans la muraille, par une de leurs extrémités.

C'était là un début un peu troublant. A une profondeur qu'il était impossible d'apprécier étince-

laient de nombreux becs de gaz ; d'autres lumières
— des lampes portatives — se déplaçaient sans cesse.
Une épaisse fumée, produite par les explosions de la
mine, donnait à toutes ces lueurs des teintes rou-
geâtres.

En vain Toinon essaya de percer les vapeurs bril-
lamment éclairées qui tourbillonnaient de tous côtés ;
elle n'apercevait que le bassicot qui entrait dans le
puits d'extraction et qui en sortait.

Mais si elle ne voyait pas grand'chose, en revanche
elle entendait des voix nombreuses poussant des
clameurs confuses. Le fer des pioches, des pelles et
des leviers, retentissait contre la pierre. Des blocs
énormes se brisaient avec fracas en tombant des
parois d'où des travaux longs et pénibles les avaient
détachés, pendant que la poudre détonait et en
faisait sauter d'autres en morceaux. Tous ces bruits
se mêlaient, et, ne trouvant pas d'issues suffisantes
pour s'échapper, imprimaient un ébranlement con-
tinu aux frêles planches qui supportaient les Bassilan.

Le contre-maître qui accompagnait nos amis
s'adressa à Toinon.

— Voulez-vous pénétrer plus loin ? lui demanda-t-il.

— Tout de même.

— Vous n'avez pas peur ?

— Pas trop.

Le contre-maître fit approcher les visiteurs d'un

coin de l'excavation où aboutissait une échelle soli-
dement fixée à une muraille verticale.

— Là, dit-il, descendez; et surtout ne regardez
pas en bas, de crainte que vous n'ayez le vertige.

Le contre-maître passa le premier, et la descente
s'effectua sans accident. Toinon montra un sang-
froid digne d'une mention honorable. De distance en
distance, on se reposait sur de petits paliers; là, des
ouvriers attendaient, pour monter ou pour descendre,
que l'échelle fût libre jusqu'au palier immédiatement
supérieur ou inférieur.

Enfin, on parvint au fond de la carrière et l'on
assista aux travaux. Le vacarme était assourdissant;
on voyait passer dans la poussière des hommes dont
les silhouettes se découpaient en ombres chinoises.
Les lumières qui piquaient l'obscurité faisaient ressembler le fond de l'ardoisière à une ville illumi-
née vue du haut d'une colline par une nuit de
brouillard.

Le contre-maître qui conduisait nos amis leur
expliqua comment s'accomplissait le travail d'extraction de l'ardoise; il leur fit parcourir les galeries
dans toute leur étendue; puis il les aida à remonter.

L'ascension fut pénible; il semblait que les
échelles de Jacob ne finiraient jamais. Les visiteurs
gravissaient les degrés lentement et éprouvaient le
besoin de se reposer à chaque palier.

Enfin, ils atteignirent la terrasse. Ils montèrent

dans le bassicot, et quelques minutes après ils frot-
taient leurs yeux qu'aveuglait à moitié la pleine
lumière.

Avant de repartir pour le château, on jugea bon de
se reposer un moment. On s'installa sous une ton-
nelle d'auberge, et M. Bassilan fit apporter des ra-
fraîchissements.

— Vous ne refuserez pas de trinquer avec moi,
n'est-ce pas, monsieur? avait-il dit au contre-maître.

Celui-ci s'était incliné en manière d'acquiesce-
ment. C'était un homme d'une trentaine d'années,
très correct dans son langage et dans sa tenue, intelligent et sympathique.

Après lui avoir adressé quelques questions sur les
travaux de l'ardoisière, M. Bassilan lui demanda s'il
était du pays.

— Non, monsieur, répondit-il; je suis des environs de Blois.

— Et vous êtes depuis longtemps contre-maître
dans l'ardoisière?

— Depuis cinq ans; mais j'étais encore un enfant
quand j'y suis entré comme ouvrier. J'étais bien
pauvre alors; la misère, je puis le dire, a été mon
institutrice — une rude mais bonne institutrice.

— Et comment êtes-vous arrivé à vaincre l'ad-
versité?

— Oh! monsieur, c'est toute une histoire.

— Eh bien! contez-nous-la, cette histoire.

Le contre-maître voulut s'excuser en déclarant
qu'il n'y aurait rien d'intéressant dans son récit;
mais M. Bassilan, qui prévoyait que ce récit compor-
terait un enseignement dont Toinon pourrait profiter,
insista et obtint gain de cause.

« Tout s'est passé bien simplement, commença le
contre-maître. Nous étions cinq enfants orphelins,
sans autres ressources que la solde de notre frère
aîné, Jean, qui servait dans la marine marchande ; il
nous l'envoyait régulièrement, et c'était assez pour
payer la pension de mes deux jeunes sœurs et du
petit Richard. Quant à moi, j'avais déjà onze ans, et
je gardais les troupeaux sur la colline.

« La vieille femme chez qui logeaient mon frère
et mes sœurs se rendait chaque mois à la ville pour
toucher l'argent envoyé par notre aîné. Mais, un jour,
je la vis qui revenait d'un air agité. J'allai sur la
route au-devant d'elle.

« — Eh ! qu'avez-vous, mère Gertrude ? lui
criai-je.

« — Ah ! c'est toi, répondit-elle en m'apercevant ;
eh bien ! j'ai que nous voici dans de jolis draps !

« — N'auriez-vous pas touché la solde de Jean ?

« — Jean…. Il s'est laissé tomber d'une hune, le
malheureux garçon.

« — Et il est blessé ?

« — Il est mort.

« Je ne compris pas, au premier instant, tout ce

qu'il y avait dans ces trois mots : *Il est mort ;* mais il me sembla que je recevais un coup intérieur. Je m'assis machinalement sur un tas de pierres et restai sans rien dire.

« — Oui, répéta la vieille femme, il est mort ; on ne m'a pas donné d'argent à la ville, et je ne sais pas comment nous allons faire. Ah ! tu peux pleurer, mon garçon, tu peux pleurer....

« Mais je ne pleurais pas. Je me répétais tout bas à moi-même : Jean est mort ! Jean est mort ! sans pouvoir comprendre ce que cela signifiait. Je me rappelais à peine avoir vu mon frère aîné ; je ne le connaissais que par le bien qu'il nous faisait ; aussi était-ce pour moi bien moins un homme qu'un bon génie. Dans tous les cas difficiles, à propos de toutes les espérances lointaines, je m'étais habitué à me dire : Si Jean voulait ! comme on se dit : Si le bon Dieu voulait ! Jean était pour moi une puissance protectrice et bienfaisante, à laquelle je n'avais point donné de corps, si bien que je ne pouvais associer son souvenir à l'idée de la mort.

« Cependant, après être resté quelque temps assis sur la route, je me relevai, et je me dirigeai lentement vers la chaumière de Gertrude. Comme j'approchais de la porte, j'entendis Richard qui pleurait, et la voix rude de la vieille femme qui disait :

« — Tu as déjà mangé plus de pain qu'on ne m'en payera.

« Dans ce moment, je passai le seuil, et je vis mes

La chaumière de Gertrude.

deux sœurs qui étaient debout dans le coin le plus obscur, avec Richard assis à leurs pieds. Au lieu de l'assiette de soupe au lard qui d'habitude composait leur repas, chacun d'eux tenait à la main un morceau de pain sec et noir.

« Je ne saurais vous dire, monsieur, comment cela se fit ; mais, à cette vue, je me sentis le cœur frappé et je fondis en larmes. Je venais de comprendre ce que signifiaient ces mots : Jean est mort !

« Les jours suivants achevèrent de m'éclairer. La vieille Gertrude diminuait à chaque repas, pour mon frère et pour mes sœurs, cette part d'un pain qui leur semblait plus noir et plus sec au fur et à mesure qu'il leur était plus reproché ; enfin, elle arriva un jour chez le fermier qui m'avait pris à son service, et lui dit devant moi :

« — Voisin, je suis décidée à ne pas garder plus longtemps ma nichée.

« — Quelle nichée? demanda le fermier.

« — Eh bien! mais, le frère et les sœurs de ce garçon, répondit-elle en me désignant.

« Je tressaillis.

« — Et que voulez-vous faire d'eux, mère Gertrude? lui dis-je.

« — Ce qu'ils ne tarderaient pas à faire de moi, répliqua-t-elle : de la graine de mendiants.

« — Ah! m'écriai-je, vous n'aurez point le cœur d'envoyer par les chemins de pauvres enfants que vous avez élevés et qui jusqu'à présent vous ont regardée comme leur mère.

« — Alors, trouve-moi le moyen de nourrir quatre bouches avec la part d'une seule. J'aime mieux abandonner ces orphelins à la charité publique que les voir souffrir près de moi ; le besoin rend dur, et je sens que je les haïrais si je les gardais plus long-temps. Chacun ne peut faire que suivant ses forces ; de plus riches que moi les secourront.

« Je ne répondis rien, car je ne trouvais, après tout, aucune raison capable de toucher Gertrude et de modifier ses dispositions ; mais j'avais le cœur navré. Ah ! si j'avais eu de la force ! Si j'avais pu, remplaçant mon frère Jean, me faire le père de ces orphelins !... Malheureusement, je dépassais à peine de deux travers de doigt la tête de ma sœur aînée, et le fermier Jarty ne m'avait jusqu'alors donné pour gages que ses vieux habits et deux paires de sabots neufs par an.

« Pendant que je réfléchissais tristement, la con-versation continua entre Jarty et sa voisine.

« — Encore si nous étions près des mines de charbon ou des carrières d'ardoise, dit celle-ci, on pourrait y envoyer l'aînée des petites. Je connais une fillette qui gagne sa vie à aider les mineurs.

« — C'est une existence bien misérable, observa le fermier en secouant la tête.

« — Il est certain que ce n'est pas couleur de rose ; mais quand on n'a pas ce que l'on aime, il faut aimer ce que l'on a. En travaillant bien, la petite pourrait presque gagner de quoi nourrir sa sœur et Richard.

« Ces paroles furent pour moi comme un trait de lumière.

« — Mais il y a des carrières d'ardoise pas bien loin d'ici, m'écriai-je. Pourquoi n'irais-je pas y offrir mes services ? Si l'on m'accepte, je vous abandonnerai la majeure partie de mon salaire, pour que vous gardiez mon frère et mes deux sœurs.

« — Tu ferais cela, toi ?... dit-elle.

« — Il ne sait pas ce que c'est que le travail sous terre, interrompit Jarty.

« — Non, répliquai-je ; mais puisque d'autres s'y résignent, je m'y résignerai aussi.

« La vieille sembla réfléchir un moment ; puis elle reprit :

« — Ce serait encore trois enfants à nourrir avec le travail d'un seul.

« Mᵉ Jarty observa que si j'allais à une ardoisière, ma sœur aînée pourrait me remplacer chez lui, si bien que Gertrude n'aurait à sa charge que deux pensionnaires.

« Tout, en effet, fut ainsi convenu ; et, dès le lendemain, je partis pour l'ardoisière.

« Jarty avait eu raison, monsieur, de me dire que je ne savais pas ce qu'est le travail sous terre. Au premier instant, lorsque je sentis le bassicot descendre dans la carrière et que je vis le soleil disparaître, il me sembla que j'entrais dans mon tombeau.

« Mais ce fut bien autre chose lorsque j'entrai dans la galerie d'exploitation; l'air me semblait lourd, et je respirais avec peine; le tapage m'assourdissait.... Du reste, vous avez vous-même vu tout à l'heure ce qu'il en est, et vous pouvez vous faire une idée de ce qu'un enfant devait éprouver en se disant qu'il était destiné à passer toutes ses journées dans la carrière.

« Certes, on s'y habitue, mais au début c'est bien dur.

« Je fus chargé de ramasser, de mettre sur des brouettes et de rouler l'ardoise extraite des parois de la mine. Ce travail était fatigant; toutefois il me sembla moins pénible que l'isolement et le manque de grand air. Figurez-vous, en effet, monsieur, un jeune garçon habitué à vivre dans les champs et dans les prairies, à voir le soleil se lever et se coucher sur la campagne, à courir partout où ses pieds pouvaient le porter, subitement condamné à l'atmosphère renfermée et poussiéreuse d'un souterrain. Pendant les deux premiers jours, je tâchai de ne point m'écouter moi-même et d'opposer ma volonté à mes sensations; mais au bout de ce temps ma volonté céda; je me laissai aller au découragement, je pleurai.

« J'étais cependant bien résolu à persister malgré tout. Je me disais : Ton frère Jean est mort en tra-

vaillant pour les petits; travaille à ton tour, quand tu
devrais mourir aussi : c'est ton devoir.

« A force de me répéter ces paroles, je repris
courage. Puis, craignant que l'abattement ne revînt,
j'imitai les enfants peureux qui ferment les yeux pour
ne rien voir; je cessai de regarder ce qui m'entou-
rait, je m'empêchai de penser, et j'arrivai ainsi à
remplir et à pousser machinalement ma brouette,
sans savoir ce que je faisais.

« Cela dura quelques mois; mais au bout de ce
temps, je m'aperçus que mon esprit s'endormait
tout à fait, et que je ne pouvais plus le réveiller,
même quand je le voulais. J'entendis un contre-
maître dire un jour, en parlant de moi :

« — Ce garçon-là devient idiot.

« Je fus épouvanté. Si je devenais idiot, comment
pourrais-je protéger mes sœurs et mon frère? A quoi
serais-je bon, et quel maître voudrait de moi? Je
résolus de secouer mon engourdissement et de forti-
fier mon esprit; mais le difficile était de lui trouver
une occupation qui pût le tenir en haleine sans me
ramener à mes tristesses.

« Je commençai par m'amuser à compter les
brouettes chargées de charbon que je croisai pendant mes allées et venues. Après avoir vu ce qu'il y
en avait en une journée, je voulus calculer ce qu'il
devait y en avoir en une semaine, en un mois, en un
an; puis j'évaluai la contenance de chaque brouette,

et je cherchai combien d'ardoises on extrayait de la carrière dans des longueurs de temps déterminées.

« Ces problèmes mille fois posés et résolus, en prenant des nombres un peu différents, m'habituèrent à calculer de tête.

« Ce résultat obtenu, je songeai à autre chose. J'avais un livre de *Morceaux choisis*, dans lequel on m'avait enseigné à lire lorsque j'étais tout petit. Je me mis à en apprendre par cœur des passages que, pendant mon travail, je répétais tout bas, m'efforçant de m'en expliquer tous les mots et de me rappeler comment ils étaient écrits.

« Ce fut ainsi, monsieur, que j'appris à m'exprimer plus correctement et que j'acquis quelques connaissances que j'ai tâché d'augmenter depuis.

« D'ailleurs, je continuai à observer et à réfléchir, interrogeant les vieux ouvriers sur tout ce que je voyais, et m'efforçant de retenir les enseignements qu'ils devaient à leur expérience.

« On quittait tous les jours la carrière à la nuit close, et le lendemain il fallait y revenir de grand matin. Pendant de longues années, je n'ai vu le soleil qu'au moment de son lever, je n'ai pas connu la campagne environnante. Mais quand je me rendais au travail, je cueillais quelquefois des bleuets ou des menthes sauvages que j'emportais avec moi sous terre, comme pour me souvenir qu'au-dessus il y avait de la lumière, de l'air et des fleurs.

13

« On faisait, à midi, un repas qui suspendait toute besogne et pour lequel les enfants, filles et garçons, avaient coutume de se réunir dans un emplacement de la carrière d'où l'on voyait un morceau de ciel à peine large comme la main.

« Un jour que je me trouvais là, je proposai à une petite fille, appelée Jenny, de venir voir une galerie que l'on avait ouverte dans la matinée, et qui devait, disait-on, conduire à un nouveau gisement. Elle me suivit, et nous pénétrâmes en rampant dans la galerie, qui avait déjà une dizaine de mètres de profondeur.

« Quand nous fûmes arrivés à l'extrémité, je levai la lampe que j'avais apportée pour mieux montrer à Jenny la coupe du terrain, et je répétai les explications que le contre-maître m'avait données, lorsque soudain un craquement sourd se fit entendre; presque au même instant le couloir s'affaissa derrière nous, et nous nous trouvâmes ensevelis dans un étroit boyau.

« J'eus un étourdissement. Combien de temps il dura, je n'en sais rien; mais quand je revins à moi, je me trouvai assis au fond du couloir, dans une obscurité profonde. Je n'avais aucune blessure.

« J'étendis les mains pour chercher Jenny; elle était à mes pieds, couchée sans mouvement. Je l'appelai, elle me répondit par un gémissement. La pauvre fille reprenait à peine ses sens. Je lui parlai; bientôt elle parut m'entendre, et je sentis qu'elle se soulevait.

« — Où sommes-nous? me demanda-t-elle.

« — Enterrés dans la galerie, lui répondis-je.

« Elle se redressa et poussa un cri strident; puis elle se mit à pleurer.

« Moi-même, je sentais mon courage m'abandonner; mais je me dis qu'il serait honteux de montrer ma faiblesse à Jenny, qui n'avait que moi pour la soutenir. Je m'efforçai donc de la consoler, en l'assurant que nous ne tarderions pas à être secourus et délivrés.

« Cependant les heures se passèrent sans amener aucun changement à notre situation. Vingt fois je crus entendre des coups de pioche indiquant que l'on ouvrait un passage vers nous, et vingt fois je reconnus que je me trompais. Enfin, je calculai que la nuit était venue, et que les ouvriers devaient être remontés.

« Il était impossible que l'on ne se fût pas aperçu de l'éboulement du couloir; mais nul ne nous y avait vus entrer. Sans doute on ne nous savait pas enfermés, et l'on pouvait être plusieurs jours sans entreprendre des travaux de déblai.

« Cette idée m'ôta tout ce qui me restait de forces. Je pensai à mes sœurs et à mon frère, leur envoyai un tendre adieu et essayai de m'habituer à la pensée que j'allais mourir.

« Le moment vint où mon estomac réclama ses droits. Je cherchai le morceau de pain que j'avais gardé de mon dernier repas; et j'allais y mordre, lorsque Jenny dit à demi-voix :

« — J'ai bien faim !

« Je songeai qu'elle était plus jeune et plus faible que moi, et je lui donnai mon morceau de pain, qu'elle mangea.

« Nous avions soif aussi, bien soif; mais nous n'avions pas une goutte d'eau pour nous désaltérer.

« Le temps s'écoula ; l'air devenait difficile à respirer. Jenny se mit à parler, à parler comme si elle avait le délire. Parfois elle pleurait et appelait au secours; d'autres fois elle riait et chantait. Ses chants et ses rires me faisaient encore plus de mal que ses pleurs. Cependant, je tâchais de l'entretenir dans ses pensées joyeuses. Elle se croyait dans la campagne, égrenant des épis de blé et tressant des pailles, comme elle l'avait fait autrefois. Je lui avais donné un bouquet de menthes séchées que j'avais retrouvé dans ma poche, et elle disait :

« — Sens-tu la bonne odeur qui vient de là-bas? C'est la bordure de thym que la mère Potier a plantée près de ses ruches.

« Mais je vous demande pardon, monsieur, de m'arrêter si longtemps sur ces détails. Quand nous avons couru un grand danger, tous les souvenirs qui s'y rattachent nous sont précieux, et nous finissons par croire qu'ils sont intéressants pour d'autres que pour nous. Je ne mettrai pas votre patience à plus longue contribution.

« Il y avait trois jours que nous étions ensevelis, quand on se douta de notre situation ; on se mit alors à déblayer en toute hâte, et on nous retira de notre tombeau quasi-mourants.

« On insuffla de l'air pur dans nos poumons, on nous administra du bouillon, on nous prodigua des soins ; bref, on nous rappela à la vie.

« Je dus à cet événement d'être pris en affection par le directeur de l'ardoisière ; il me fit venir dans son cabinet, me parla avec bienveillance, me promit de s'intéresser à moi.

« Il a tenu parole. Grâce à lui, j'ai pu élever mes sœurs et le petit Richard, je suis devenu contre-maître, et j'ai épousé Jenny, ma bonne et douce Jenny, qui m'a toujours su gré du morceau de pain et du bouquet de menthes fanées que je lui avais donnés dans la tombe d'où nous avions cru ne jamais sortir. »

Les Bassilan avaient écouté sans l'interrompre le récit du contre-maître. Toinon paraissait émue.

— Eh bien ! mon enfant, lui dit son père, que penses-tu de ce que tu viens d'entendre ?

— Beaucoup de choses que je ne saurais exprimer, mais qui se devinent, répondit-elle.

Et, se levant, elle ajouta, s'adressant au contre-maître :

— Voulez-vous, monsieur, me permettre de vous serrer la main?

— Avec plaisir, mademoiselle.

La main blanche de l'enfant pressa la main rude de l'ouvrier. L'acte était, sans doute, des plus simples, mais, venant de Toinon, il en disait long. Autrefois, elle eût cru s'abaisser en l'accomplissant; maintenant il lui semblait un hommage dû et payé à un travailleur qui, à défaut d'un grand nom et de la fortune, avait à son actif un laborieux passé, sans tache et sans remords.

On repartit pour le château, et, pendant tout le chemin, on épilogua sur l'histoire du brave contre-maître.

— Je te l'ai déjà dit, mon enfant, observa M. Bas-silan, celui qui accomplit son devoir régulièrement et sans faiblesse finit toujours par trouver sa récompense.

XII.

Un sauvetage.

Les vacances de Toinon touchaient à leur fin ; dix jours encore, et il faudrait retourner à Paris, revenir à l'école et reprendre les travaux quelque temps interrompus.

Ce n'est pas que cette perspective semblât désagréable à la fillette ; la paresse n'était pas son défaut, et elle envisageait sans tristesse le moment où elle devrait se replonger dans ses études. Aussi bien on se lasse de tout, principalement quand on est jeune ; on se lasse même des vacances, c'est-à-dire de la liberté.

D'ailleurs, il faut le reconnaître, notre amie n'avait pas abusé du repos ; elle avait employé une partie de

ses journées à repasser ce qu'elle avait déjà appris, à
acquérir sur ce qu'elle apprendrait lors de la rentrée
des classes quelques notions propres à lui faciliter la
besogne. Puis, elle s'était assagie; ses travers de
caractère avaient considérablement diminué. Certes,
elle était encore bien loin de pouvoir défier la critique
de ses actes; mais quelle est l'enfant, quelle est
même la grande personne dont la conduite est constamment à l'abri de tout reproche? Le sage, dit-on,
pèche sept fois par jour; et Toinon ne prétendait pas
avoir droit à un brevet de sagesse.

Ce qui était surtout à sa louange, c'est qu'elle
avait partiellement dompté sa vanité, et qu'à ses
dispositions hautaines avaient succédé des dispositions bienveillantes. Elle ne tenait plus les gens placés dans une condition inférieure à la sienne pour
indignes de considération; elle s'était habituée à la
charité, qui est le respect et l'amour du prochain.

Toutefois, elle avait encore, de loin en loin, de
blâmables velléités d'orgueil. Subordonner sa volonté
à celle d'autrui, c'était pour elle une concession coû-
teuse, à laquelle elle ne consentait pas toujours sans
protester ou sans témoigner quelque mauvaise
humeur. Elle obéissait parfois à ses fantaisies, au
lieu d'obéir à sa raison. Elle avait fait de Simonette
la compagne de ses amusements, mais la plupart du
temps elle prétendait lui imposer ses caprices; il lui
arrivait de donner à la cuisinière, en se fâchant

presque si elle ne les suivait pas, des conseils sur la façon de remplir les devoirs de sa charge.

Donc, s'il y avait beaucoup de fait, il restait encore

Elle avait fait de Simonette la compagne de ses amusements.

beaucoup à faire. Un grave événement survint, qui devait avoir sur l'avancement de Toinon dans la bonne voie une influence décisive.

La Loire, on ne le sait que trop, est, de tous les
fleuves de France, le plus capricieux, et ses caprices
se traduisent souvent par des désastres. Tantôt elle
vide son lit au point que les eaux sont trop basses
pour la navigation; tantôt elle l'augmente jusqu'à
déborder et inonder les plaines environnantes.

Pourquoi ces déplorables fantaisies, dont les cul-
tivateurs riverains redoutent si fort les manifestations? Pourquoi ces différences considérables de niveau, dont nulle autre rivière n'est aussi coutumière?
Les savants, qui veulent tout expliquer, mais qui
échouent quelquefois devant les difficultés des problèmes qu'ils se proposent, ne sont pas parvenus à découvrir les causes du phénomène. Tout ce qu'ils ont pu
dire, c'est que la Loire n'est pas sage, ce que l'on savait
avant qu'ils l'eussent déclaré; quant aux raisons de
ce manque de sagesse, ils ne les connaissent pas plus
que vous et moi : le fleuve a bien gardé son secret.

Or, pendant que les Bassilan étaient encore au
château, la Loire enfla son volume. Elle montait,
montait sans cesse; et tremblant pour leurs récoltes,
les agriculteurs allaient, plusieurs fois dans la journée, voir où en étaient les choses. Hélas! à chaque
nouvelle investigation, ils constataient que le danger
devenait plus menaçant.

Les eaux, habituellement claires jusqu'à la trans-
parence, étaient maintenant jaunâtres et épaisses. Le
courant avait acquis une grande rapidité : il entraî-

nait des débris arrachés à la terre. Et, en regardant
passer ces épaves, les fermiers rappelaient les ravages causés antérieurement, les pertes subies par
les uns, la ruine complète éprouvée par les autres.

Qu'allait-il advenir? Le flot envahirait-il la campagne, obligeant les paysans à abandonner leurs
maisons et leurs champs? C'était à craindre. Et malheureusement il n'y avait rien à faire pour conjurer
le péril, aucun remède préventif qui pût arrêter le
fléau.

Un matin, à leur réveil, les habitants du château
constatèrent, non sans effroi, que, pendant la nuit,
les eaux avaient grossi au point de se répandre dans
la plaine. Une partie du parc était submergée.

Fuir, les Bassilan le pouvaient; mais aucun d'eux
n'y songea. Ils estimaient qu'ils devaient donner à
leurs voisins l'exemple du sang-froid et du courage,
rester au milieu d'eux et leur prêter assistance en
cas de besoin. Il s'agissait de résister à un ennemi,
qui, pour n'être armé ni de fusils ni de canons, n'en
était pas moins redoutable; s'en aller en pareilles
circonstances eût semblé à nos amis une désertion
aussi coupable que celle du soldat qui, au moment
de la bataille, abandonne son poste.

Déjà les dégâts étaient graves; mais ils n'étaient
pas encore irréparables. Du reste, on prenait toutes
les mesures propres à secourir les malheureux chas-
sés de leurs demeures par l'inondation. On avait

transformé les salles disponibles de la mairie du
village en dortoirs ouverts à quiconque était sans
abri; on avait organisé des souscriptions en faveur
de ceux qui, n'ayant plus pour se nourrir les produits de leur terre, ne savaient, faute d'argent, comment se procurer de quoi manger.

Le malheur avait développé une fraternité qui se
traduisait de toutes les manières possibles. Le riche
tendait la main au pauvre; chacun donnait ce qu'il
pouvait, simplement et de bon cœur. Les Bassilan
avaient déclaré qu'ils accueilleraient au château quiconque se présenterait, et trois familles avaient pro-
fité de l'hospitalité qu'ils offraient.

Jamais Toinon n'avait assisté à pareil spectacle. Le
parc, naguère si riant, maintenant était désolé. L'eau
avait continué à monter et léchait presque les mu-
railles de l'habitation. On ne pouvait arriver aux
dépendances qu'en bateau. Les fleurs avaient disparu, submergées; et, suivant l'expression de Simonette, « les arbres prenaient des bains de pied. »

Il avait fallu procéder en toute hâte au déménage-
ment des fermes situées tout près du fleuve; il y
avait dans le château un entassement de meubles qui
eût été comique, s'il n'eût été lamentable. C'était un
pêle-mêle confus et étrange de lits et de batterie de
cuisine, de chaises et de vaisselle, de linge et d'ins-
truments de travail.

Les Bassilan faisaient tout ce qu'ils pouvaient pour

consoler et réconforter les pauvres gens qu'ils avaient recueillis. Ils se prodiguaient, allant de l'un à l'autre, veillant à ce que personne ne manquât de rien. Toinon elle-même s'efforçait de se rendre utile; en présence de la situation, elle avait dépouillé la légèreté naturelle à son âge; elle voulait prendre sa part des devoirs que remplissait sa famille.

Une nuit, tandis que, malgré l'agitation à laquelle chacun était en proie, on essayait de se reposer et de dormir, le cri plusieurs fois répété : Au secours! parvint jusqu'au château.

Vite chacun se leva et courut à une fenêtre; mais l'obscurité était profonde, et il était impossible de rien voir.

Il y eut un moment de silencieuse angoisse; puis, de nouveau, le même cri se fit entendre : Au secours!

M. Bassilan n'avait pas été le dernier à se mettre aux écoutes. Il avait ouvert la croisée de sa chambre à coucher, et, l'oreille tendue, s'était efforcé de se rendre compte de l'endroit d'où partaient les appels.

— Où êtes-vous? demanda-t-il, forçant sa voix.

— A l'extrémité du parc, près de la châtaigneraie. Venez vite, je suis à bout de forces; j'ai de l'eau jusqu'au menton et je ne sais pas nager.

— Alerte, Simon, alerte! cria M. Bassilan. Un homme va se noyer, si nous ne le sauvons pas. Hâte-toi de préparer le bateau.

Simon n'eut pas besoin qu'on lui répétât l'ordre;
quelques minutes après qu'il avait été donné, le
brave serviteur était dans le bateau, prêt à jouer des
... s.

M. Bassilan embrassa bonne maman, sa femme et
sa fille, et monta dans l'embarcation, qui se mit en
marche. Plusieurs des personnes réfugiées au château avaient voulu l'empêcher de s'exposer au danger, le priant de leur permettre d'aller à sa place au
secours du malheureux en détresse; mais il avait
refusé de les écouter, et, sur un ton qui n'admettait
pas de réplique, avait répondu :

— Je suis le maître ici, et je prétends remplir le
devoir que ce titre m'impose.

Ni Mme Bassilan ni bonne maman n'avaient cherché à le retenir; certes, elles n'étaient ni l'une ni
l'autre sans inquiétude sur l'issue de l'entreprise
qu'il allait tenter; mais elles estimaient toutes deux
que ce qu'il faisait, il devait le faire. Malgré leur
émotion, elles s'efforçaient de rester calmes, de montrer les apparences d'une tranquillité qu'elles n'éprouvaient pourtant pas.

— Va, avait dit Mme Bassilan, va, mon ami; bon
courage et bonne chance !

Quant à Toinon, pour la première fois de sa vie,
elle se trouvait en face d'une situation vraiment critique. Jusqu'alors elle n'avait connu, des tristesses de
l'existence, que des déboires sans gravité; actuelle-

ment elle sentait ce que les événements peuvent ré-
server de terrible dans leur cours imprévu. Quand
elle avait vu son père partir, elle n'avait pas pleuré;
mais elle était dominée par un émoi plus cruel que
les larmes. Pâle, tremblante, les mains crispées, elle
éprouvait des transes d'autant plus douloureuses,
que, comme sa mère et sa grand'mère, elle ne voulait pas les montrer.

C'est qu'en réalité ce n'était pas une petite affaire
que d'aller, dans un bateau, à la recherche d'un
inconnu prêt à se noyer. Autant, dans d'autres circonstances, l'acte eût été simple et d'une réalisation
facile, autant il était aventureux dans les circonstances actuelles. Le courant de la Loire avait acquis
une rapidité et une force extraordinaires, et même,
aux endroits submergés, il était malaisé de lui résister; or, se laisser prendre et entraîner par lui,
c'était courir à une mort certaine.

Puis l'obscurité ajoutait encore au danger. Simon
avait bien mis une lanterne dans le bateau; mais
cette lanterne ne répandait qu'une lumière douteuse
qui éclairait seulement à quelques mètres autour
d'elle. Il y avait à craindre que l'embarcation ne fût
projetée violemment contre quelque obstacle où elle
se brisât. A tout le moins, elle pouvait être fort en-
dommagée en heurtant contre des arbres, avoir sa
quille déchirée par des haies ou des murs cachés par
l'eau et affleurant son niveau.

N'importe! le devoir auquel M. Bassilan obéissait
était de ceux auxquels on ne se dérobe pas sans une
lâcheté grosse de remords; et, son exécution eût-elle
été cent fois plus périlleuse encore, le père de Toinon
ne s'y fût pas soustrait. De même que le soldat ne
doit point hésiter à monter à l'assaut d'une citadelle
quand le clairon a sonné la charge, de même l'homme
de cœur ne doit pas hésiter à courir au secours d'un
de ses semblables. A l'un comme à l'autre l'honneur
commande.

Le bateau avançait dans les ténèbres mal combat-
tues par la lanterne dont Simon s'était muni. Plusieurs fois le vieux domestique dut en ralentir la
marche, pour éviter qu'il se cognât contre des obstacles.

— Courage! répétait fréquemment M. Bassilan;
dans quelques minutes nous serons près de vous.

Et chaque fois celui à qui il s'adressait répondait :

— Dépêchez-vous, mes forces vont m'abandonner.

Plus on avait avancé, plus sa voix était devenue
distincte, et plus il avait été aisé de se diriger vers
l'endroit d'où elle venait. Puis, au bout de quelques
minutes, il avait pu distinguer la lumière de la lanterne, et dès lors il avait indiqué exactement la route
à suivre.

Simon ramait avec précautions; encore très vigoureux malgré son âge, il joignait à sa force une

grande prudence. Du reste, M. Bassilan, qui se tenait debout à l'arrière de l'embarcation, lui signalait les écueils à éviter.

Les deux hommes avaient conservé toute leur présence d'esprit. Dans sa course fougueuse et folle, la Loire faisait un bruit lugubre; la désolation était partout. N'importe, ils allaient, calmes et confiants dans le résultat de leur entreprise.

Enfin, M. Bassilan distingua vaguement une tête qui émergeait tout juste au-dessus de l'eau. Encore quelques mètres, et l'on serait à côté de celui qu'il s'agissait d'arracher à la mort. Pour que le bateau ne fût pas entraîné vers le lit du fleuve, il fallait que Simon actionnât puissamment les avirons; il était extraordinaire que l'homme eût pu résister si long-temps au courant.

Mais quand nos amis furent auprès de lui, ils s'expliquèrent comment il avait réussi à lutter contre le flot : il avait entouré de ses deux bras le tronc d'un arbre auquel il se cramponnait.

Toutefois il était grand temps que l'on arrivât. Son immersion prolongée l'avait considérablement affaibli; il grelottait, claquait des dents et était près de défaillir.

Simon lâcha les rames, et, avec l'aide de M. Bassilan, se disposa à saisir l'homme et à le hisser dans l'embarcation; mais, au moment d'accomplir son œuvre, il eut un mouvement de recul.

14

— Eh bien ! qu'avez-vous? demanda M. Bassilan.

— J'ai que celui pour qui nous nous dévouons est Jean Ribeyre, mon ennemi, le seul ennemi que je me connaisse.

— Il faut le sauver tout de même.

— Pitié, Simon ! murmura Ribeyre; et je jure de ne jamais oublier....

Le vieux serviteur n'hésita pas. Déjà M. Bassilan s'était penché et avait pris Jean par un bras; Simon se pencha aussi et prit l'autre bras. Tous deux firent un violent effort; mais leur poids, augmenté de celui qu'ils soulevaient, portait du même côté du bateau, dont il détruisait l'équilibre. Une brusque oscillation se produisit, et l'embarcation chavira.

Au lieu d'un homme en détresse, il y en avait maintenant trois.

— Nous sommes perdus ! murmura M. Bassilan.

— Pas encore, répliqua Simon, qui avait entendu. Avec du sang-froid et de la volonté, nous nous en tirerons. Donnez votre main gauche à Jean, qui est aux trois quarts paralysé de froid et de fatigue; moi, je vais lui donner la main droite; et, à nous deux, nous le remorquerons tant bien que mal.

Ainsi dit, ainsi fait. Mais au lieu de se diriger vers le château, les sauveteurs, qui avaient preste pied, marchèrent suivant une ligne perpendiculaire au fleuve, de façon à gagner le plus vite possible un terrain qui ne fût pas inondé.

Certes, la tâche était pénible. On avançait lentement, sans que le niveau de l'eau baissât sensiblement; et il y avait plus de cent mètres à parcourir avant que l'on ne fût en sûreté.

Jean se laissait traîner, presque inerte, retardant la marche de ses compagnons; il avait peine à placer un pied devant l'autre, et, s'il n'eût été encouragé, il aurait vingt fois renoncé à continuer la lutte contre la mort.

Soudain, les trois hommes disparurent sous l'eau; ils étaient arrivés à un endroit où le sol formait un creux. Mais M. Bassilan et Simon savaient nager; malgré la gêne qui résultait pour eux de leurs vêtements alourdis par l'immersion, ils purent revenir à la surface, et, tirant toujours Ribeyre, continuer à avancer sur la nappe liquide.

Par bonheur, ils reprirent bientôt pied; et quand ils se relevèrent, l'eau ne montait plus que jusqu'à leur ceinture.

Alors, voyant que Jean était tout à fait incapable de se mouvoir, ils le prirent, l'un par les épaules, l'autre par les jambes, et, dans un dernier effort d'énergie, le portèrent en courant jusqu'à un endroit où la terre était sèche.

Ils le déposèrent sur l'herbe, et, exténués, se laissèrent tomber à côté de lui.

XIII.

Au chevet d'un malade.

Ce fut Simon qui revint le premier aux nécessités de la situation. Il se leva, et, secouant sa lassitude :

— Monsieur, dit-il, je vais courir au château, et, en moins d'un quart d'heure, je serai de retour, accompagné d'amis qui porteront des cordiaux pour vous ranimer et des couvertures pour vous envelopper.

Il partit sans attendre de réponse, et se hâta tant qu'il put. Il arriva à l'habitation à bout d'haleine, ses vêtements collés à son corps et le glaçant.

Tout le monde était assemblé sur le perron, les regards fixés dans la direction qu'avait prise le bateau en s'éloignant. On échangeait à peine quelques paroles, où s'entremêlaient tour à tour la crainte et l'espérance. Bonne maman et Mme Bassilan étaient pâles; des frissons les agitaient. Toinon sentait son cœur battre violemment, une transpiration froide humectait son front.

— Ah! mon Dieu, qu'est-il arrivé? s'écria Mme Bassilan, dès qu'elle aperçut Simon.

— Rassurez-vous, madame. Votre mari est sain et sauf, et nous avons réussi à secourir Jean Ribeyre, le malheureux qui, sans nous, serait mort maintenant. Toutefois, il nous est arrivé un accident : le bateau a chaviré, et nous avons dû marcher dans l'eau, ce qui n'a pas été une petite affaire. Aussi M. Bassilan et Ribeyre n'ont plus de jambes, et ils attendent qu'on aille les chercher. Venez avec moi, ils sont à cinq minutes d'ici. Et emportez quelque boisson réconfortante et quelques couvertures.

On ne se le fit pas dire deux fois.

— Mais, mon ami, observa bonne maman, vous ne pouvez pas repartir dans l'état où vous êtes. Prenez au moins le temps de changer de vêtements.

— Ta ra ta ta.... En route!... Allons au plus pressé.

Quelques minutes après, tous les hôtes du château étaient à l'emplacement où étaient demeurés Ribeyre et M. Bassilan. Tous les deux étaient étendus sur le sol; M. Bassilan avait gardé sa connaissance, mais Ribeyre était évanoui.

On leur prodigua des soins; on leur fit boire un

peu de cognac et on les enveloppa dans des couvertures.

M. Bassilan ne tarda pas à redevenir complète-
ment maître de lui-même et à pouvoir se tenir sur
ses jambes.

— Ne vous inquiétez pas de moi, dit-il; me voici
déjà presque remis. Du reste, je n'ai aucun mal; j'ai
pris un bain un peu prolongé, voilà tout. Celui à qui
il faut surtout penser, c'est Ribeyre.

Le fait est que Jean était toujours immobile et
privé de connaissance. Sa respiration était faible, et
des mouvements convulsifs agitaient ses membres.

On le frictionna énergiquement, de manière à
favoriser et à précipiter le rétablissement de la cir-
culation; et on continua à faire couler goutte à
goutte entre ses lèvres un breuvage réparateur.

Au bout de dix minutes d'efforts, la chaleur et la
vie se manifestèrent enfin. Le patient respira plus
librement et avec plus de force, et bientôt il ouvrit
les yeux.

— Où suis-je? dit-il dès qu'il put parler.

— En lieu sûr, répondit Simon. Soyez tranquille,
nous vous avons arraché à la rivière, et elle ne vous
reprendra pas.

Ribeyre fit un effort pour se soulever; mais il n'y
put réussir.

— Simon, dit-il, puisque je ne puis vous tendre
ma main, voulez-vous me donner la vôtre?

— Mais certainement. La voici.

Jean attira cette main jusqu'à ses lèvres et la baisa.

— Ah çà, qu'est-ce que vous avez? s'écria en riant le brave serviteur.

— J'ai à vous dire que vous êtes bon; que vous m'avez sauvé, moi à qui vous êtes en droit d'en vouloir ; que je déplore de vous avoir autrefois causé du mal, et que je vous en demande pardon.

— Bah ! ne parlons pas de ces choses-là.

— Laissez-moi au moins vous dire que les torts que j'ai eus envers vous, je ne négligerai rien à l'avenir pour les réparer et vous les faire oublier.

— Ils sont déjà oubliés.

— Pourtant, les poules que je vous ai dérobées?...

— Il m'en restait assez pour que leur perte ne m'ait pas été trop sensible.

— Celles de vos fleurs auxquelles vous teniez le plus et que par méchanceté j'ai détruites?...

— Il en est poussé d'autres à leur place.

— Les mauvais propos que j'ai tenus sur votre compte?...

— Personne n'y a cru. Du reste, je vous le répète, tout cela est oublié, et il est inutile de m'en faire souvenir.

Il était urgent de retourner au château. Deux des hôtes des Bassilan se chargèrent de transporter Jean pendant la première moitié du chemin; puis ils furent relayés par deux autres. Quant à M. Bassilan, il put marcher.

Les trois hommes changèrent de vêtements et vinrent achever de se réchauffer devant un grand feu que la cuisinière avait allumé. Puis on leur bassina des lits, et ils se couchèrent.

Après quelques heures de repos, M. Bassilan se leva aussi frais et aussi bien portant que s'il eût passé toute la nuit à dormir tranquillement. Ribeyre était faible encore, mais il n'éprouvait aucun malaise.

Quant à Simon, il en allait différemment; les épreuves qu'il avait traversées avaient trop vivement secoué son corps, que de longues années d'un travail assidu avaient touché, sinon usé. Ce qu'il venait d'accomplir était un tour de force qu'il avait mené à bonne fin, grâce à une indomptable opiniâtreté; mais maintenant que l'œuvre était consommée, la nature reprenait ses droits et se fâchait d'avoir été surmenée.

Il dut rester dans son lit, en proie à une fièvre intense, qui à certains moments lui donnait le délire. On fit venir un médecin, qui, après avoir examiné le malade, déclara que, sans doute, une fluxion de poitrine allait se déclarer.

Il ne se trompait pas.

Or, une fluxion de poitrine, à l'âge de Simon, c'était chose grave; la vie du brave serviteur était en danger.

On pense s'il fut bien soigné. Sans cesse quelqu'un veillait à son chevet, et Toinon voulut prendre sa part des nécessités de la situation.

Elle était soudain devenue toute sérieuse, notre amie Toinon. L'événement dont elle venait d'être témoin lui avait donné à réfléchir, et mis, comme on dit, « du plomb dans la tête. » Elle songeait à l'acte de dévouement de Simon, à la simplicité avec laquelle il avait été accompli ; elle réfléchissait sur la façon touchante dont le serviteur de grand'maman avait assuré à Jean, son ennemi des jours passés, qu'il avait oublié tous ses griefs contre lui.

Quelles leçons et quels exemples !

Ce fut pour la fillette comme le coup de grâce qui achève une conversion. Elle savait maintenant, pour l'avoir vu, jusqu'où peuvent conduire les élans d'un noble cœur ; elle reconnaissait, pour ne plus jamais l'oublier, que la modestie du costume et du rang peut cacher les sentiments les plus louables, voire les plus sublimes.

Elle passa de longues heures auprès de Simon, cherchant à rendre pour lui le temps plus rapide en causant avec lui et en le faisant causer, interrompant ses conversations pour lui verser et lui donner la tisane ou le bouillon que le docteur avait prescrit.

La maladie suivait son cours sans s'aggraver. A chaque nouvelle visite, le médecin se montrait plus rassuré. Un jour, enfin, il déclara qu'il n'y avait plus

rien à redouter et qu'avant peu Simon pourrait se
lever.

— C'est égal, ajouta-t-il, vous ferez bien de ne
pas tenter la mort une seconde fois ; vous l'avez
échappé belle.

— Que voulez-vous? répondit Simon, on meurt
à son heure. Quand le devoir commande, il faut
obéir, n'est-il pas vrai? Et l'on n'est à plaindre qu'à
moitié lorsqu'on tombe au champ d'honneur.

Ribeyre venait fréquemment voir Simon. Nul ne se
réjouit plus que lui lorsqu'il fut certain que le malade
était sauvé.

— Voyez-vous, lui dit-il, si vous étiez mort, je
ne m'en serais jamais consolé.

— Ainsi, nous ne sommes plus ennemis?

— Ennemis !... Mais si j'avais une occasion de me
faire rompre une ou deux côtes pour vous, j'en serais
ravi.

— Bon, bon, repartit Simon en souriant, espérons que votre sincérité ne sera jamais mise à pareille
épreuve. Votre parole me suffit.

Puis il ajouta :

— Ah çà, mais, ami Jean, vous ne m'avez pas
encore raconté comment vous vous êtes trouvé, par
une belle nuit — une vilaine nuit, plutôt — enfoncé
dans l'eau jusqu'au cou.

— C'est vrai. Mais la chose est bien simple. En
deux mots, la voici. Vous savez que ma maisonnette

est tout près du bord de la Loire. Chassé par l'inondation, je m'étais réfugié à la mairie du village, sans
même avoir eu le temps de déménager tout mon
pauvre mobilier. Or, un soir, je voulus aller voir chez
moi ce qui était arrivé, et si le fleuve y avait causé
beaucoup de ravages. Je ne croyais pas que le projet
fût périlleux. Je me disais que j'en serais quitte
pour un bain sans conséquence, et que j'aurais tout
au plus de l'eau jusqu'à la ceinture. Donc me voilà
parti, et vous devinez le reste. Peu à peu j'enfonçai,
quoique je connusse bien le terrain et que j'eusse
pris soin de passer par les endroits les plus élevés ; et
un moment arriva où, déjà fatigué, je sentis que le
flot était plus fort que moi. Le courant m'entraînait ;
j'étais impuissant à lutter contre lui. C'est alors que
j'entourai de mes bras un tronc d'arbre et que je
criai : Au secours !

. . . .

Ainsi que l'avait annoncé le docteur, Simon ne
tarda pas à entrer en convalescence. D'abord il dut
se contenter d'aller et de venir dans sa chambre, et
de respirer un peu de grand air, aux heures de plein
soleil, par la fenêtre ouverte. La nourriture lui était
mesurée avec parcimonie, et on lui défendait absolument de s'occuper du moindre travail. Pour le distraire, Toinon lui proposait des parties de dominos,
toujours acceptées et jouées avec plaisir ; et le jour
où, pour la première fois, il put manger et boire à sa

faim et à sa soif, la fillette demanda et obtint la permission de se mettre à table avec lui et de lui tenir compagnie.

Cependant l'inondation diminuait. Peu à peu, la Loire s'était retirée, rentrant dans son lit habituel. Le sol qu'elle avait recouvert était encore tout boueux, et bien des pertes avaient été subies ; toutefois on s'estimait heureux que les ravages n'eussent pas été plus considérables. On n'avait à déplorer la mort de personne ; c'était le principal.

———

XIV.

●

Fin de vacances et commencement d'études.

M. et Mme Bassilan ne quittèrent le château que
lorsqu'ils jugèrent avoir rempli tout leur devoir et
qu'ils ne purent plus rendre de services à leurs voisins. Alors, et alors seulement, ils retournèrent à
Paris, et Toinon reprit ses études.

Elle rentra à l'école dont elle suivait les cours, avec
quinze jours de retard; mais la prolongation obligée
de ses vacances n'avait pas été perdue pour elle: elle
avait, pendant ce temps, achevé de subir la plus
salutaire des transformations.

Ce n'était plus la fillette orgueilleuse et volontaire
que ses compagnes avaient connue deux mois auparavant; autant elle avait jadis de caprices et d'accès

de vanité, autant à présent elle était douce, simple
et condescendante.

Du reste, son ardeur pour le travail n'avait pas
diminué; la modestie qu'elle avait acquise n'avait
nullement paralysé son désir de s'instruire. Elle voulait toujours être la première, mais ce n'était pas
pour en tirer ostentation.

Si ses parents sont heureux d'un pareil changement, on s'en doute. Et elle-même ne sait trop se
féliciter de ce que la Toinon d'aujourd'hui n'est plus
tout à fait le portrait de la Toinon d'autrefois.

FIN.

TABLE

224 TABLE.

FIN DE LA TABLE.

Rouen. — Imp. MÉGARD et Cie, rue Saint-Hilaire, 136.

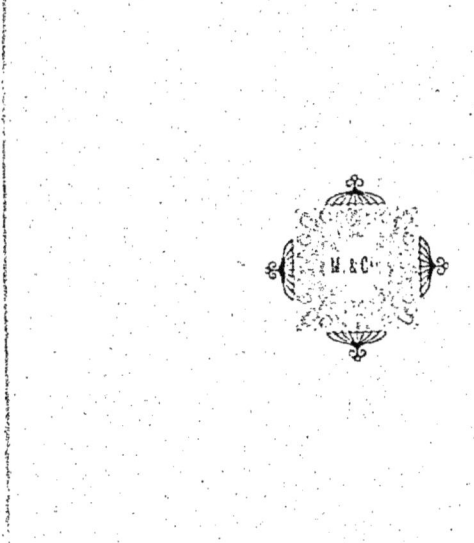

ROUEN. — IMPRIMERIE MÉGARD ET Cᶜ.

www.ingramcontent.com/pod-product-compliance
Lightning Source LLC
Chambersburg PA
CBHW050353030726
47503CB00006B/1828